中华精神家园

博大文学

民间相传

民间传说与文化内涵

肖东发 主编 石 静 编著

中国出版集团

现代出版社

图书在版编目（CIP）数据

民间相传 / 石静编著. — 北京：现代出版社，
2014.10（2020.01重印）
（中华精神家园书系）
ISBN 978-7-5143-2975-9

Ⅰ．①民… Ⅱ．①石… Ⅲ．①民间故事－文学史－中
国－古代 Ⅳ．①I207.7

中国版本图书馆CIP数据核字(2014)第236582号

民间相传：民间传说与文化内涵

总 策 划：陈　恕
主　　编：肖东发
作　　者：石　静
责任编辑：王敬一
出版发行：现代出版社
通信地址：北京市定安门外安华里504号
邮政编码：100011
电　　话：010-64267325 64245264（传真）
网　　址：www.1980xd.com
电子邮箱：xiandai@cnpitc.com.cn
印　　刷：山东省东营市新华印刷厂
开　　本：710mm×1000mm　1/16
印　　张：11
版　　次：2015年4月第1版　2020年1月第3次印刷
书　　号：ISBN 978-7-5143-2975-9
定　　价：40.00元

党的十八大报告指出："文化是民族的血脉，是人民的精神家园。全面建成小康社会，实现中华民族伟大复兴，必须推动社会主义文化大发展大繁荣，兴起社会主义文化建设新高潮，提高国家文化软实力，发挥文化引领风尚、教育人民、服务社会、推动发展的作用。"

我国经过改革开放的历程，推进了民族振兴、国家富强、人民幸福的中国梦，推进了伟大复兴的历史进程。文化是立国之根，实现中国梦也是我国文化实现伟大复兴的过程，并最终体现为文化的发展繁荣。习近平指出，博大精深的中国优秀传统文化是我们在世界文化激荡中站稳脚跟的根基。中华文化源远流长，积淀着中华民族最深层的精神追求，代表着中华民族独特的精神标识，为中华民族生生不息、发展壮大提供了丰厚滋养。我们要认识中华文化的独特创造、价值理念、鲜明特色，增强文化自信和价值自信。

如今，我们正处在改革开放攻坚和经济发展的转型时期，面对世界各国形形色色的文化现象，面对各种眼花缭乱的现代传媒，我们要坚持文化自信，古为今用、洋为中用、推陈出新，有鉴别地加以对待，有扬弃地予以继承，传承和升华中华优秀传统文化，发展中国特色社会主义文化，增强国家文化软实力。

浩浩历史长河，熊熊文明薪火，中华文化源远流长，滚滚黄河、滔滔长江，是最直接的源头，这两大文化浪涛经过千百年冲刷洗礼和不断交流、融合以及沉淀，最终形成了求同存异、兼收并蓄的辉煌灿烂的中华文明，也是世界上唯一绵延不绝而从没中断的古老文化，并始终充满了生机与活力。

中华文化曾是东方文化摇篮，也是推动世界文明不断前行的动力之一。早在500年前，中华文化的四大发明催生了欧洲文艺复兴运动和地理大发现。中国四大发明先后传到西方，对于促进西方工业社会的形成和发展，曾起到了重要作用。

中华文化的力量，已经深深熔铸到我们的生命力、创造力和凝聚力中，是我们民族的基因。中华民族的精神，也已深深植根于绵延数千年的优秀文化传统之中，是我们的精神家园。

总之，中华文化博大精深，是中国各族人民五千年来创造、传承下来的物质文明和精神文明的总和，其内容包罗万象，浩若星汉，具有很强的文化纵深，蕴含丰富宝藏。我们要实现中华文化伟大复兴，首先要站在传统文化前沿，薪火相传，一脉相承，弘扬和发展五千年来优秀的、光明的、先进的、科学的、文明的和自豪的文化现象，融合古今中外一切文化精华，构建具有中国特色的现代民族文化，向世界和未来展示中华民族的文化力量、文化价值、文化形态与文化风采。

为此，在有关专家指导下，我们收集整理了大量古今资料和最新研究成果，特别编撰了本套大型书系。主要包括独具特色的语言文字、浩如烟海的文化典籍、名扬世界的科技工艺、异彩纷呈的文学艺术、充满智慧的中国哲学、完备而深刻的伦理道德、古风古韵的建筑遗存、深具内涵的自然名胜、悠久传承的历史文明，还有各具特色又相互交融的地域文化和民族文化等，充分显示了中华民族的厚重文化底蕴和强大民族凝聚力，具有极强的系统性、广博性和规模性。

本套书系的特点是全景展现，纵横捭阖，内容采取讲故事的方式进行叙述，语言通俗，明白晓畅，图文并茂，形象直观，古风古韵，格调高雅，具有很强的可读性、欣赏性、知识性和延伸性，能够让广大读者全面接触和感受中国文化的丰富内涵，增强中华儿女民族自尊心和文化自豪感，并能很好继承和弘扬中国文化，创造未来中国特色的先进民族文化。

2014年4月18日

精神颂歌——人物传说

浪漫佳话——爱情传说

一方美谈——风物传说

神奇幻想——神魔传说

人物传说

在我国民间传说里，历史人物传说十分发达、成熟。历史人物传说，是以历代社会生活中实有其人的著名人物为中心，通过艺术加工、幻想、虚构等手法，叙述他们的行为、事迹或遭遇等的传说。这些传说在表现历史事实的同时，也注重刻画历史人物，并且在传说中反映的是集体性的群众英雄。

历史人物传说以人物为中心，叙述他们的事迹和遭遇，表达了人民群众的评价和愿望，是我们研究历史的重要素材，对于研究人类文明的演进具有重要意义。

李冰智斗江神建都江堰

李冰蜡像

那是我国战国时期，蜀地的岷江年年都发生水患，那里的人们世世代代同洪水做斗争，但一直都不能彻底解决问题，人们一直都生活得非常痛苦。

后来，秦国吞并了蜀国，秦国为了将蜀地建成其重要的基地，决定彻底治理蜀地的岷江水患。于是，秦昭襄王便任命很有治水才能的李冰到蜀郡去担任郡守，主持治理那里的水患。

李冰到蜀郡后，亲自查

■ 李冰父子雕像

看当地的灾情，他发现，发源于成都平原北部岷山的岷江，沿江两岸山高谷深，水流湍急。而从岷江上游挟带来的大量泥沙淤积在这里，抬高了河床，加剧了水患。特别是在灌县城西南面，有一座玉垒山，阻碍了江水东流，每年夏秋洪水季节，常造成东旱西涝。

李冰经过实地查看后，发现原来确定的引水渠选址不合理，就废除了原来的计划，把引水口上移到了成都平原冲积扇的顶部灌县玉垒山处，这样可以保证较大的引水量和形成通畅的渠道网。他新规划的引水渠，由鱼嘴、飞沙堰和宝瓶口及渠道网组成。

在修筑分水堰的过程中，李冰采用江心抛石筑堰的方法失败后，就另辟新路，让竹工编成一些大竹笼，装满鹅卵石，然后一个一个地沉入江底，这样就战胜了湍急的江水，筑成了分水大堤。据后来唐代作

秦昭襄王（前325年—前251年），嬴姓，赵氏，名则，一名稷。战国时期秦国国君。秦昭襄王在政治军事诸方面都建立了卓越的功勋，特别是军事方面的成就，为秦国的发展做出了极为杰出的历史贡献，秦昭襄王时期是秦国发展史上最重要的决胜时期。

家李吉甫所著的《元和郡县图志》记载：

> 犍尾堰在县西南二十五里，李冰作之以防江决。破竹为
> 笼，圆径三尺，长十丈，以石实之。累而壅水。

此法就地取材，施工、维修都简单易行。而且，笼石层层累筑，既可免除堤埂断裂，又可利用卵石间空隙以减少洪水的直接压力，从而降低堤堰崩溃的危险。

分水大堤前端犹如鱼头，所以取名叫"鱼嘴"。鱼嘴是在宝瓶口上游岷江江心修筑的分水堰，因堰的顶部形如鱼嘴而得名。据《华阳国志》记载：李冰"壅江作堋"的"堋"就是指鱼嘴。它将岷江分为内外江，起到了航运、灌溉与分洪的作用。

为了进一步控制流入宝瓶口的水量，李冰又在鱼嘴分水堤的尾部，修建了分洪用的平水槽和"飞沙堰"溢洪道。飞沙堰也用竹笼装卵石堆筑，堰顶做到适宜的高度。

■ 李冰父子修建都江堰

当内江水位过高时，洪水就经由平水槽漫过飞沙堰流入外江，这样就能保障内江灌区免遭水淹。同时，由于漫过飞沙堰流入外江水流的漩涡作用，有效地冲走了泥沙在宝瓶口前后的沉积。

■ 李冰修堰图雕刻

鱼嘴的分水量有一定比例。春耕季节，内江水量大约占六成，外江水量大约占四成。洪水季节，内江超过灌溉所需的水量，由飞沙堰自行溢出。

接着，李冰又带领人们开凿宝瓶口。因"崖峻阻险，不可穿凿，李冰乃积薪烧之"，劈开玉垒山，凿成宝瓶口。宝瓶口不仅成为了进水口，而且以其狭窄的通道形成了一道自动调节的水门，对内江渠系起到了很好的保护作用。

宝瓶口一带的岩石渠道，十分坚固，千百年来在岷江激流冲击下，都没有被冲毁，有效地控制了岷江水流。清代诗人宋树森所作《伏龙观观涨》一诗云：

我闻蜀守凿离堆，两崖劈破势崔巍。
岷江至此画南北，宝瓶倒泻数如雷。

李冰修成宝瓶口之后，又开两渠，一渠由永康过新繁入成都，称为外江；另一渠由永康过郫入成都，

《元和郡县图志》 唐宪宗间的地理总志。保存了大量丰富的历史资料，对全国各地的地理沿革、山川、物产，都有一个简要的叙述。在编写体例方面，对宋代乐史的《太平寰宇记》，元明清各代的《一统志》都有很大影响。因此，人们盛赞《元和郡县图志》开我国总地志的先河。

李冰塑像

称为内江。这两条主渠沟通成都平原上零星分布的农田灌溉渠，初步形成了规模巨大的水利工程渠道网。

在以后的几年里，李冰又带领蜀中百姓，在灌县南面的玉垒山下一带，修建了分水鱼嘴、金刚堤、平水槽等多处水利工程，这些水利工程后来统称为都江堰。

李冰修筑的都江堰水利工程，不仅从根本上治住了水患，还变患为福，灌溉良田万顷，泽被世世代代的蜀中人们。从此，蜀郡沃野千里，富饶丰足，被称为"天府之国"。李冰也因此被后人尊称为"川祖"，受到世代蜀人的爱戴和敬仰。

李冰修建都江堰的水利工程，不仅在我国水利史上，甚至在世界水利史上也占有光辉一页。它悠久的历史举世闻名，它设计之完备令人惊叹。我国古代兴修了许多水利工程，唯独李冰修建的都江堰经久不衰，一直都在发挥着防洪灌溉和运输等多种功能。

蜀地人民都把李冰兢兢业业为民造福的精神，作为学习效仿的榜样。为了颂扬李冰治水的伟大，人们把他英雄事迹不断丰富和神化了，以突出李冰的非凡智慧和神奇才能。于是，在民间就衍生出了许多关于李冰治水的神奇传说。

相传李冰来到蜀郡后，发现原来岷江里面有一个江神，是一条作恶多端的孽龙。它稍有不高兴，就会兴风作浪，下起大暴雨，淹没两岸庄稼和村庄，祸害百姓。

孽龙要求当地百姓在每年农历六月二十三日，选出一个漂亮的童女给它做媳妇，并且还要每家每户集巨资给它举行热热闹闹的婚礼。许多人家为了躲避江神的迫害，不得不拖儿带女远走他乡。这样就致使岷江一带渐渐土地荒芜，人渐渐也稀少了很多。

李冰到蜀郡上任不久，弄清楚这里的情况后，决定要治一治这条孽龙。眼看一年一度为江神娶媳妇的日子到了，那些没有能力离开的人们又开始给江神筹集钱财选童。这时，李冰说："今年就不用筹集钱资了，童女就选定我家小女，你们就不要费心思了。"

人们听说李冰郡守如此舍己为人，都非常感激，同时也为李冰担心。他们担心李冰会出事，再说也不愿失去这样的好郡守，都希望郡守能够战胜孽龙，消除祸患。

到了农历六月二十三日这一天，李冰把自己女儿

郡守 我国古代的官名，郡的行政长官，始置于战国。战国各国在边地设郡，派官防守，官名为"守"。本系武职，后渐成为地方行政长官。秦统一后，实行郡县两级地方行政区划制度，每郡置守，治理民政。后世唯北周称郡守，余均以太守为正式官名，郡守为习称。明清则专称知府。

■ 都江堰分水图

民间相传

民间传说与文化内涵

锣是我国传统的打击乐器，在我国民族乐队中占有非常重要的地位。它不仅在民族乐队、民间器乐合奏、各种戏曲、曲艺以及歌舞伴奏中使用，而且也是庆祝集会、赛龙舟、舞狮子、欢庆丰收和劳动竞赛中不可或缺的乐器。

打扮得漂漂亮亮，一同来到江边。主祭人登上祭江神坛祭奠完之后，坛下锣鼓喧天，钟乐齐鸣。三鼓过后，江面上突然波涛涌起，水柱冲天有十余丈高，人们说，这就是江神迎接新娘的仪式。

这时候，人们本应把新娘送入水中。可是李冰说："不用急。这次能与江神结为姻亲，真是荣幸万分，我李冰很想能够目睹江神的尊颜，还请江神早点现身，不要误了好时辰。"

说完，李冰亲自斟满一杯酒，走上祭坛举起奉上。可是过了很久，就是不见江神的影子。李冰见此情景，知道江神在戏弄百姓，不由勃然大怒道："你这作恶多端的孽龙，残害百姓，致使民不聊生，今天我李某为了百姓能够安居乐业，情愿舍命与你搏斗，你就赶快现身吧！"

说着，李冰就提着宝剑，奋身跳入江中。这时，

■ 都江堰全景画

江上的水柱不见了，好像变得风平浪静，只是隐隐觉得有些地动山摇。

过了大约一个时辰，狂风大作，烟尘蔽日，恍恍惚惚之中，人们看到江边有两条青黑色的犀牛在拼命地激烈争斗，难解难分。不一会儿，这两条犀牛便消失了。

在岸边观战的人们正在疑惑时，只见李冰气喘吁吁地从水中跑上来。他对随从武士说："这条孽龙本事很高，尤其是力气特别大，我跟它战了很久也不能取胜。现在上岸来，要求你们助我一臂之力。"

■李冰父子雕像

李冰手下武士说："我们刚才看到两头犀牛在河边搏斗，知道是您跟孽龙在激战，但只是两头犀牛一模一样，我们也分不清哪一头是您变的，也就不好来助战。"

于是，李冰就把一条雪白的绶带缠在腰间，对武士说："现在我腰间系有白色丝带，这样我再去跟它争斗时，那头腰间是白色的犀牛就是我变的，你们记住这点就行了。"

说罢，李冰又跳到水里与孽龙战斗起来。当两头犀牛再出现时，李冰手下武士就一个个手执兵器，纷纷拥上前去，帮着李冰一同战斗。这些武士拿起手里

祭坛 是古代用来祭祀神灵、祈求庇佑的特有建筑。先人们把他们对神的感悟融入其中，升华到特有的理念，如方位、阴阳、布局等，无不完美地体现于这些建筑之中。祭祀活动是人与神的对话，这种对话通过仪礼、乐舞、祭品，达到神与人的呼应。

武器对着那头身上没有白色丝带的犀牛一阵奋力砍杀，最终把那头孽龙变成的犀牛杀翻在地。

孽龙倒在地上后，很快显出了原形。李冰赶紧吩咐人们将早已准备好的粗大铁链，严严实实地把孽龙捆缚起来，牢牢锁在江中一个深水潭中。

在民间传说中，神话人物二郎神的原型就是李冰之子，我国古代杂著集《太平广记》中有二郎神的传记。宋代著名诗人范成大称李冰擒住孽龙镇于伏龙观。

后代人们为了进一步纪念李冰，就在他降伏孽龙的地方建了一座观，取名为伏龙观。进了观，抬眼便见一尊李冰石像，石像气宇轩昂，须发微微飘动，深邃的目光中透出一种非凡大志和气魄，人们为之震撼!

关于李冰治水传说，东汉以后不断有所增加，北宋开始流传李冰之子李二郎协助治水等神话。后来在每年清明时节，当地人们都会在二王庙举行祭祀活动和开水典礼。

李冰治水的故事被人们神化，反映了人们对为民办事的治水英雄李冰的崇敬之情，也表现了人们心目中伟大英雄的形象和精神。李冰治水的故事一直激励着后人与自然灾害进行英勇顽强的斗争。

阅读链接

李冰在世时就考虑到了事业的承续，他命令自己儿子做了3个石人，镇于江间，测量水位。李冰逝世400年后，3个石人已经损缺，汉代水官便重造高及3米的"三神石人"测量水位。这"三神石人"其中一尊即是李冰雕像。

汉代这位水官很了解李冰在民间的地位，就雕出李冰石像放在江中镇水测量。他也懂得李冰的心意，唯有那里才是李冰最合适的地方。水官的做法，说明都江堰一直就流淌着一种独特的李冰精神。

诸葛亮助刘备传为神人

诸葛亮于181年出生在琅琊郡阳都县的一个官吏之家，诸葛氏是琅琊的望族，先祖诸葛丰在西汉元帝时做过司隶校尉，诸葛亮父亲诸葛圭在东汉末年做过泰山郡丞。

诸葛亮8岁丧父，他与弟弟诸葛均一起跟随叔父诸葛玄，当时诸葛玄被袁术任命为豫章太守。后来，东汉朝廷派朱皓取代了诸葛玄，诸葛玄就投奔荆州牧的刘表了。

诸葛亮画像

诸葛亮少年时代，曾经从学于水镜先生司马徽。诸葛亮学习刻苦，勤于用脑，不但司马徽赏识他，就连司马的妻子对他也很器重，都喜欢这个勤奋好学、善于用脑的少年。

诸葛亮天资聪颖，司马先生讲的东西，他一听便会，不解求知饥渴。为了学到更多东西，他想让先生把讲课的时间延长一些，但先生总是以鸡鸣叫为准，于是诸葛亮想：若把公鸡鸣叫的时间延长，先生讲课的时间也就延长了。

那时还没有钟表，记时用日晷，遇到阴雨天没有太阳，时间就不好掌握了。为了记时，司马徽训练公鸡按时鸣叫，办法就是定时喂食。于是，诸葛亮上学时就带些粮食装在口袋里，估计鸡快叫的时候，就喂它一点粮食，鸡一吃饱就不叫了。

过了好久，司马先生感到奇怪，为什么鸡不按时叫了呢？经过细心观察，发现诸葛亮在鸡快叫时给鸡喂食。司马先生在上课时，就问学生，鸡为什么不按时鸣叫？其他学生都摸不着头脑。诸葛亮心里明白，可他是个诚实的人，就如实地报告了司马先生。

司马先生很生气，当场就把他的书烧了，不让他继续读书了。诸葛亮求学心切，不能读书怎么得了，便去求司马夫人。司马夫人听了诸葛亮喂鸡求学遭罚之事，深表同情，就向司马先生说情。

诸葛亮雕刻

司马先生说："小小年纪，不在功课上用功夫，倒使心术欺蒙老师。这是心术不正，此人不可大就。"

司马夫人反复替诸葛亮说情，说他年纪小，虽使了点心眼儿，但总是为了多学点东西，并没有他图。

司马先生听后觉得有理，便同意诸葛亮继续读书。可没有书怎么读呢？夫人对司马先生说："你有一千年神龟背壳，传说披在身上，能使人上知千年往事，下晓五百年未来，不妨让诸葛亮一试，如果灵验，要书作甚？"司马先生想到他已经把书烧了，也只好按夫人说的办。

诸葛亮将师母送的神龟背壳往身上一披，即成了他的终身服饰八卦衣，昔日所学，历历在目，先生未讲之道，也能明白几分。

■ 诸葛亮塑像

诸葛亮从16岁开始念《梁父吟》，后来，他常以春秋战国时期齐国的著名政治家管仲和战国后期杰出军事家乐毅比拟自己，当时的人对他都是不屑一顾，只有好友徐庶等名士相信他的才干。

刘备依附于刘表时，屯兵于新野，诸葛亮的老师司马徽与刘备会面时表示："那些儒生都是见识浅陋的人，岂会了解当世的事务局势？能了解当世的事务局势才是俊杰。此时只有卧龙、凤雏。"卧龙指的是诸葛亮，凤雏指的是当时的另一个名士庞统。

后来，诸葛亮被徐庶推荐到刘备那里，刘备希望徐庶引诸葛亮来见，但徐庶却建议："这人可以去见，不可以令他屈就到此。将军宜屈尊以相访。"

刘备几经周折，最后终于见到诸葛亮，向诸葛亮

八卦 源于我国古代对宇宙的生成、日月与地球的自转关系，以及农业社会和人生哲学互相结合的观念。最原始的资料来源于西周的《易经》，内容有六十四卦。八卦相传是伏羲所造，后来用于占卜。八卦代表了我国早期的哲学思想，除了占卜、风水之外，影响涉及中医、武术、音乐等方面。

诸葛亮发明木牛流马

请教天下大势。诸葛亮陈说三分天下之计，令刘备听后大赞，便力邀诸葛亮相助。从此，诸葛亮开始了他传奇而精彩的一生。

诸葛亮作为蜀国的丞相，尽忠效力。他处理事务简练实际，能从根本上解决问题，不计较虚名而重视实际，使得蜀国上下的人都害怕却敬仰他。可以说他是治理国家的优秀人才，其才能的确可以与管仲和"汉初三杰"之一的萧何相媲美。

诸葛亮在汉中期间，利用汉中的经济条件，因地制宜地采取了一系列发展生产的得力措施，保障了刘备北伐军的物资供应。汉中当地人们生活好了，也招来了更多的人口，使地广人稀的汉中重新得到了发展，逐步达到人多、粮多的良性循环，使百姓安居乐业。

诸葛亮在四川地区深得民心，关于他的故事一直是民间茶余饭后相传的首选。在那里就有很多地方的居民保留着头戴白布的习惯，据说就是为诸葛亮戴孝而形成的，历经1000多年。

诸葛亮作为著名军事家，得到了历代兵家的认可。三国时期魏国杰出政治家、军事家司马懿在诸葛亮死后，看到诸葛亮布置的营垒，称赞其为"天下奇才"。三国西晋时期著名史学家陈寿在断代史《三国志》中对诸葛亮的评价是"史官鲜克知兵，不能纪其实迹焉"。

唐太宗李世民与隋末唐初著名将领李靖在《唐太宗李卫公问对》中，多次提到诸葛亮的治军之法与八阵图，并给予了极高的评价。唐时也将诸葛亮评选为武庙十哲之一，与秦末汉初谋士、大臣张良，我国历史上杰出的军事家韩信，战国时期秦国名将白起等九位历代兵家尊享同等地位。

诸葛亮也写了诸多军事著述，如《南征》《北伐》《北出》等，对我国军事理论具有一定贡献。除此之外，他在技术发明上也有灵巧的表现，如改良过连弩等。

在宋代高承编撰的《事物纪原》中，记载诸葛亮南征班师时正遇风起，不能渡河，西南少数民族首领

《唐太宗李卫公问对》 即《唐李问对》，一作《李卫公问对》，全书因以李世民与李靖一问一答的形式写成而得名。《唐李问对》是一部颇有价值的兵书。它提出了一些新的创见，发展了前人的一些光辉思想，这是这部著作的主要内容。

015

精神颂歌

人物传说

■ 诸葛亮练兵

■ 诸葛亮访民

《三国演义》

全名《三国志通俗演义》，元末明初小说家罗贯中所著，为我国第一部长篇章回体历史演义的小说，我国古典"四大名著"之一，历史演义小说的经典之作。《三国演义》的出现，标志着中国古代小说从"话本"阶段向长篇章回体过渡的完成，揭开了中国小说发展历史崭新的一页。

孟获说这是猖神作怪，只要用人头和牲畜祭祀，便会风平浪静。但诸葛亮觉得用人头太残忍，于是就用面粉搓成人头状，混上牛、羊等肉去替代，名为馒头。

相传诸葛亮担任军师中郎将时，因解决粮食问题，向百姓询问了当时名为"蔓菁"的野菜的种植方法，并下令士兵开始种蔓菁，补充军粮，后世便把此菜称为诸葛菜。

诸葛亮作为"智者""勤政者"的典范形象扎根于人们心里，人们通过各种形式来研究他、歌颂他、崇拜他。历代围绕诸葛亮开展的有关政治、军事、文化思想方面的研究及以其故事为题材的文艺创作、民间传说，形成了一笔丰厚的精神财富，无不折射出传统文化的理念、价值观。

唐代大诗人杜甫写过一首赞誉诸葛亮的诗作《蜀相》，其中的后四句这样写道：

　　　　三顾频烦天下计，两朝开济老臣心。
　　　　出师未捷身先死，长使英雄泪满襟。

诗句歌颂了诸葛亮集智、勇、忠诚等封建美德。

元末明初小说家罗贯中所著的《三国演义》中，把诸葛亮描写成未卜先知的预言家，奇谋巧计的战略家，口若悬河的外交家，高瞻远瞩的政治家，神出鬼没的策略家，而且还是位呼风唤雨、脚踏七星的方士和超能力的奇人。

这些民间传说，都是通过诸葛亮这个人物，反映出在生产力落后的封建时代，人们同恶劣的大自然搏斗，同险恶的政治环境抗争并取得胜利的一种希冀，以至于使诸葛亮成为人们心目中现实主义与浪漫主义完美结合的化身。以诸葛亮为题材的文化现象还在不断发展、光大，扎根于群众，流传于四方，具有旺盛的生命力。

阅读链接

民间传说在诸葛亮死前，估算出司马懿要来挖他的坟，就布置在定军山上修了36座坟墓，使司马懿摸不清底细。

司马懿亲自指挥挖坟，挖第一座坟，见坟里有一部装套子的书籍，他亲自弯腰去捡，当即感到自己像被什么东西紧紧吸住了，不由自主地跪了下去。实际是拜台下的磁铁吸住了他身上的铠甲，使他不得不在诸葛亮的坟前下跪。司马懿以为是克敌制胜的兵书，就很想看。他打开封套，把书摊在左手上，习惯地用舌头舔右手食指去翻书，整本书上只写了"生前不能擒司马，死后司马被我擒"两句话，气得他再也爬不起来了。

忠孝节义的关羽奉为神

关羽铜像

那是在三国时期，关羽因犯事逃离家乡至幽州涿郡，在涿郡遇到了张飞，后来两人一同担任刘备的贴身卫士。3人志气相投，在桃园结义。从此，关羽开始了他的戎马生涯。

关羽追随刘备，阵斩颜良，镇守荆州，威震华夏，为刘备复兴汉室的大业立下了赫赫战功。

历史上没有常胜将军。219年，关羽败走麦城，被吴将潘璋部司马马忠擒获，缚见东吴孙权。孙权招降关羽，关羽宁死不屈，慷慨就义，时年58岁。蜀汉政权在成都为关羽建衣冠冢，即是成都关羽墓，以招魂祭祀。

关羽故乡山西运城解州后来则建立了关帝庙，是为解州关帝庙，被认为是关羽魂魄归返之处。因此民间也称关羽"头枕洛阳，身卧当阳，魂归故里"。

关羽集忠孝节义于一身，在人们心目中的地位是很高的，他勇猛、讲义气、忠心不二的形象已经是不可改变的了，早已具备了被神化的条件。

历代治国者都需要这样的典型人物来作为维护其政权的守护神，因而渲染其忠、义、勇、武的品格操守，希望有更多的文臣武将能像关羽那样尽忠义于君王，献勇武于社稷。

南北朝时期的567年，当阳县玉泉山首建关公庙，开启了民间对关公的信仰的先河，这不仅是政府对关公褒扬喝彩的产物，更是普通人们精神生活的需要。治国者从道德的角度大肆宣扬关公的忠孝节义，使关公信仰在不太长的历史时间里蓬勃发展。

到了唐代，关公庙增加，文人墨客的诗文或碑帖中常提及关公，并开始在家中悬挂关公神像。到了清代，皇帝认为自己能入主中原是得到了关公的神佑，所以，顺治皇帝特封关羽为"忠义神武灵佑仁勇威显护国保民精诚绥靖佑赞宣德关圣大帝"。后来有的地

■ 关羽木雕

碑帖 过去俗称"黑老虎"，它是一种既有文化历史内涵又有艺术品位和工艺加工三者相结合的艺术品。前人为了记述前朝重要事情和隆重庆典等，把文学形式和书法家的手迹经过名匠刻手，刻凿在悬崖和石碑上，因此碑石就有多重性的艺术内容，还经过裱装成轴或册页，这样就成了碑帖。

方还将关羽与南宋最杰出的统帅岳飞合祀于武庙。

在民间，关于关羽的传说故事也非常多。故事的内容相当广泛，从其降生出世、姓名由来、主要活动，以及死后灵魂显圣等无所不有。黎民百姓是把关羽作为神圣帝君来敬仰崇拜的，故而这些传说故事大都带有浓厚的神话传奇色彩。

民间相传，关羽为火龙星降生。天上的火龙星是一位善良正直的天神。

有一次，玉皇大帝命火龙星到凡间放火烧毁万户村，他见那里的百姓朴实忠厚，辛勤耕耘，一连3次都不忍心施火，最后只烧了村里一户作恶多端的财主回去交差。玉皇大帝见火龙星屡屡违抗天命，欺哄上天，敕令冥王星将其捉拿归案问斩。

火龙星在临赴刑场时托梦给他的棋场老友仙山寺主持老僧，嘱请其在6月17日午时用铜盆接住从天廷断头台滴下的血水，密封存放七天七夜，只有这样，他才可以转世为人。

老僧同情朋友的不平遭遇，就遵嘱而行，把接得的血水用寺内一口大钟严严实实地盖了起来。转眼六天过去了，寺内的几个小和尚等待不及，趁主持不在时抬开大钟，看到盆内血水已凝结成一个血球，有碗口般大小。

赤兔马 本名"赤菟"，即红色的像老虎一样的烈马，据说为汗血宝马。赤兔马一直是好马的代表，正所谓"人中吕布，马中赤兔"。《三国演义》记载，赤兔马最早为西凉刺史董卓坐骑，后被董卓用来收买丁原的义子吕布。吕布死后，赤兔马被曹操赏赐关羽。关羽被杀后，赤兔马思主，绝食而死。

民间相传
民间传说与文化内涵

■ 关羽古画像

小和尚们正在惊奇之时，突然一团红云冲起，血球变成了一个小儿。因为还差一天不到期限，血球的血气尚未消完，故而孩子脸色赤红，如同重枣，这个孩子就是日后的关羽。

后来，人们将关羽的赤兔马也赋予了传奇色彩。说是当初关羽受命率部去当阳长坂救援又一次被曹军围困的刘备，时值酷暑，士兵们口渴难忍，附近又找不到水源。

关羽见状甚为着急，不住地挥鞭兴叹。赤兔马心领神会，咆哮着使劲用前蹄刨地，把泉水给刨了出来。众将士饮后精神大振，一举击败曹军救出了刘备。清道光年间，还在泉口边建有一块石碑，上刻"马刨泉碑记"。

关羽雕像

就连关羽那把青龙偃月刀也很传奇。据说当初关羽在八岭山手舞大刀演武，奋起神威，一刀向这个大山丘劈去，竟把这个大山丘的"头颅"给劈掉了，于是从此成了平头冢。

关羽在其近60年的一生中，策马横刀，驰骋疆场，征战群雄，辅佐刘备完成鼎立三分大业，谱写出一曲令人感慨万千的人生壮歌。关羽那充满英雄传奇的一生，被后人推举为"忠""信""义""勇"集于一身的道德楷模，并成了我国古代社会后期上至帝王将相，下至士农工商广泛顶礼膜拜的神圣偶像。

关帝的信仰涉及生活中的各行各业。有人说，南北朝至唐代是关帝信仰的形成期，宋元是发展期，明代是盛行期，清代是鼎盛期。其

精神颂歌

人物传说

影响可与尊孔相比，毫不逊色。明代大文豪徐渭在《蜀汉关后祠祀记》之中说：

> 蜀汉前将军关侯之神，与吾孔子之道并行于天下。然祠孔子者郡县而已，而侯则居九州之广，上自都城，下至墟落，虽烟火数家，亦靡不醵金构祠，肖像以临球马弓刀，穷其力之所办。而其醵也，虽妇女儿童，有欢欣踊跃，唯恐或后。以比于此事孔子者殆若过之。噫，亦盛矣！

全国关帝庙多如牛毛，何止万千，清乾隆时期仅北京就有200多座。在民间，关公是位武财神，是保护商贾之神。又说关帝庙里抽的签儿最准、最灵验，不少文人吟诗推波助澜。

同时，崇拜关财神的人越来越多。供神的场所除了道教宫观，还有佛教场所，商业场所乃至家中都可以看到各色各样的关公神像。据说我国台湾省有160余座关帝庙。新竹后山普天宫的关羽神像连同台座高达四五十米。海外有华侨的地方大多供有关帝，他是义气的象征，更是保护神和财神。

民间传说与文化内涵

阅读链接

215年，刘备取益州，孙权令诸葛瑾找刘备索要荆州不成，双方剑拔弩张，孙刘联盟面临破裂。在这紧要关头，鲁肃为了维护孙刘联盟，不给曹操可乘之机，决定当面和关羽商谈。"肃邀羽相见，各驻兵马百步上，但诸将军单刀俱会"。双方经过会谈，缓和了紧张局势。随后，孙权与刘备商定平分荆州，"割湘水为界，于是罢军"，孙刘联盟因此能继续维持。

这次"单刀会"，后经戏剧家、小说家的渲染，关羽成了英雄，鲁肃反成了鼠目寸光、骨软胆怯的侏儒。

狄仁杰从名臣变神探

　　那是在我国唐代的贞观之初，在唐太宗李世民的带领下，君臣上下一心，经济很快得到了好转，牛马遍野，百姓丰衣足食，夜不闭户，道不拾遗，出现了一片欣欣向荣的升平景象。

　　唐太宗十分注重人才的选拔，严格遵循德才兼备的原则，认为只

贞观之治雕刻

有选用大批具有真才实学的人，才能达到天下大治。唐太宗求贤若渴，曾先后5次颁布求贤诏令，并增加科举考试的科目，扩大应试的范围和人数，以便更多的人才显露出来。

由于唐太宗重视人才，贞观年间涌现出大量优秀人才，可谓"人才济济，文武兼备"。正是这些栋梁之才，用他们的聪明才智，为"贞观之治"局面的形成做出了巨大的贡献。狄仁杰就是其中之一。

■ 唐太宗纳谏浮雕

狄仁杰出生在并州的一个官宦之家，他从小就熟读经书，26岁时就经过明经考试，被举荐调任为汴州参军。不久，他不知何故被人诬告。恰巧阎立本当时是奉旨在汴州巡察的"钦差大臣"，阎立本受理此案后，他不仅弄清了真相，还发现狄仁杰是一个德才兼备、不可多得的人物，称之为"君可谓沧海之遗珠矣。"因此，将其推荐为并州法曹参军。

狄仁杰在并州主持判案工作将近20年后，于675年奉旨入京，当上了大理丞。大理丞既要负责京师案件的审判，也要复核全国各地的判案，官不大，责任大。在一年之内，狄仁杰就清理了全部积案，涉案人员达1.7万多人，事后竟没有一个人喊冤的，这事在当时就被传为佳话，时称其为"平恕"。

明经 汉代出现之选举官员的科目，始于汉武帝时期，至宋神宗时期废除。被推举者须明习经学，故以"明经"为名。明经由郡国或公卿推举，被举出后须通过射策以确定等第而得官。汉代设置这一科，为儒生进入仕途提供了渠道。

狄仁杰理案神速，判处公平，好评如潮，政绩显著，不久，被唐高宗擢拔为"侍御史"。别看侍御史品级不高，却是监察官员的官，且对日后的仕途有很大帮助，因为它的升迁要比其他机构快。此次擢拔，足见唐高宗对狄仁杰的重视。

侍御史是御史台官员，属于监察系统。此官和大理丞一样，也是从六品。侍御史除了监察官员外，也负责审讯案件。不过，审讯的对象不是百姓，而是官员。在任职期间，狄仁杰不留情面地弹劾了唐高宗的两个宠臣加权臣。

一个是司农卿韦弘机，此人为高宗修了很多特别豪华宽敞的宫殿。狄仁杰上奏章弹劾他引导皇帝追求奢侈，韦弘机因此被免职。

还有一个是左司郎中王本立，因其受宠，便恃恩用事，也被狄仁杰揭露弹劾。对皇帝的说情，狄仁杰一点儿不买账，最终将王本立拉下马，"朝廷肃然"。这一时期的狄仁杰，给世人的印象是能力超强，判案如神且铁面无私，在民间逐渐被传说成了"神探"。

据传说，狄仁杰在御史任上，曾审理过一个发生在江夏的奇案。传说巡按御史狄仁杰到江夏时，正好碰到衙门血案交接审理。滕县令见狄御史后，就请他

025

精神颂歌

人物传说

■ 狄仁杰头像雕塑

■ 狄仁杰碑刻

县令 在周朝时称县正，春秋时称宰、尹、公等。秦汉时，县拥有万户以上者称"县令"，不满万户者称为"县长"。宋朝时期常派遣朝官为县的长官，称"知县事"，简称知县。元代县的主官改称县尹，明、清以知县为一县的正式长官，正七品，俗称"七品芝麻官"。

代理自己审理夫人被杀一案。其案情是：江夏县令滕侃夫人的胸口插着自己的雕花匕首，离奇惨死在床。

狄仁杰接案以后，立刻到滕夫人墓地祭奠。在墓地，他仿佛看到了滕夫人死时的惨状。诸多疑点，让他觉得案情复杂，决定先和县令谈谈关于夫人的情况。

在县令的书房内，江夏县令滕侃向狄仁杰讲述了自己书房内4扇漆屏的故事。

第一扇是一位书生梦见4位仙女，他想娶其中最美丽的一位为妻。第二扇是书生赴京赶考。第三扇是书生考中进士，衣锦荣归，路过一座阁楼，楼上小姐与他梦中的仙女一样，后来两人成了亲。第四扇是洞房花烛。这四漆屏就是县令生活的写照。后来，这第四扇漆屏被修改了，书生手中的笔换成了一把匕首，直插夫人的前胸。

滕侃解释说，他患有一种癫狂症，第四扇是他病发时亲手修改的，他极害怕这一切成为现实，但最终还是在他病发时出现了"衙内血案"。

狄仁杰围绕疑点开始调查。他首先查清，县令所说全是谎言，是在为自己开脱，因为他知道，根据唐代法律，精神病者杀人不偿命。后来，终于慢慢查出了真凶是孔三猫。

孔三猫见事情即将败露，就前来行刺，结果被擒获。在大堂上，他招供了犯罪的全部经过。

原来，孔三猫一天夜里去县衙行窃，先吹迷魂药迷倒夫人和丫鬟，在偷窃时又想强奸夫人，夫人反抗，孔三猫就抓起床头匕首刺死夫人后逃走。此时，县令酒后回房，闻到迷魂药而晕倒。醒后见夫人被杀，就误以为是自己酒后所为，便向狄仁杰编造了"四漆屏"的故事。

清初时，有人根据民间形形色色的狄仁杰探案故事，整理编撰成了《武则天四大奇案》，很快就风行于世。但是书中有一些历史事件和人物及很多狄仁杰破案的故事，都是通过艺术手法加工出来的。后来出现的高罗佩的《狄公案》一书，可谓集狄仁杰破案智慧于大成之作。

1943年，荷兰汉学家、东方学家、外交家、翻译家、小说家罗伯特·汉斯·古利克初到重庆，就被中国文化吸引。安顿下来后，他开始研究中国文化的精

进士 我国古代科举制度中，通过最后一级朝廷考试的人称为进士。是古代科举殿试及第者的称呼。意思是可以进授爵位的人。隋炀帝大业年间始置进士科目。唐代也设此科，凡应试者称为举进士，中试者都称为进士。元、明、清时期，贡士经殿试后，及第者皆赐出身称进士。

■ 狄仁杰墓

武则天蜡像

髓，并给自己起了个中文名字，叫高罗佩。

在重庆时，高罗佩读到一本清初公案小说《武则天四大奇案》，他对清人公案小说《武则天四大奇案》中的主人公狄仁杰屡破奇案大为折服。他对西方侦探小说和中国公案传奇做了深入的研究和比较后，认识到书中所描写的中国古代法官的刑事侦讯本领，无论是在运用逻辑推理的方法、侦破奇案的能力方面，还是在犯罪心理学的素养方面，比起福尔摩斯、格雷警长等现代西洋大侦探来，均有过之而无不及。

高罗佩先是将《武则天四大奇案》译为英文，又以狄仁杰为主角用英语创作了《铜钟案》。他原本准备在中国出版《铜钟案》的中文本，但由于中国出版商尚未意识到该作品的巨大价值，表现并不积极，高罗佩只好先出版英文本。

英文本的《铜钟案》出版后大获成功，一发不可收拾。经出版商的再三催促，高罗佩一鼓作气又陆续创作了《迷宫案》《黄金案》《铁钉案》《四漆屏》《湖中案》等十几部中短篇小说。这些作品最终构成了高罗佩的"狄仁杰系列大全"，即《狄公断案大观》，后来叫《大唐狄公案》《狄公案》。

《狄公案》内容十分广泛，涉及唐代的司法、政治、行政、吏治、外交、军事、工商、教育、文化、宗教、民情、社会生活等各个方面。全书均以仿宋元话本体裁写成，这在世界汉学著作中是独一无

民间相传

民间传说与文化内涵

二的。高罗佩对中国文化、艺术、法律及社会历史等方面的渊博知识在《狄公案》中得到了充分的体现，发挥得淋漓尽致。

书中在叙述狄仁杰于不同时期、不同地区任职侦破疑难大案的同时，还广泛展开对中国古代社会生活、民情风习的深入描绘。歌颂了狄仁杰的为民做主和缜密思维，宣告了邪恶势力的最终溃灭并受到法律制裁。

高罗佩的贡献不仅在于他把我国文化介绍到西方，在我国与世界文化交流史上留下重重的一笔，而且在于他以自身的创作实践，完成了从公案小说到侦探小说的变革。

《狄公案》在当时的社会中引起了巨大的轰动，并被译成多种外文出版，狄仁杰开始走出我国，成为西方家喻户晓的人物，并被洋人誉为"中国的福尔摩斯"。

狄仁杰生活在上承"贞观之治"、下启"开元盛世"的武则天时期。作为一个杰出的政治家，狄仁杰每任一职，都心系民生，政绩卓著。在他身居宰相之位后，辅国安邦，对武则天弊政多所匡正。

狄仁杰为人正直，疾恶如仇，把"孝、忠、廉"称为大义。而民间盛行的狄仁杰传说，也充分证实了人们渴望政治清明、渴望清官和对社会公正的企盼。

阅读链接

狄仁杰可贵之处还在于敢犯颜直谏。唐高宗仪凤年间，左威卫大将军权善才、右监门中郎将范怀义，误砍了唐太宗李世民的陵墓昭陵的一株柏树，唐高宗大怒，命令将二人处死。

狄仁杰却上奏为二人辩护，认为他们按律罪不当死。高宗声色俱厉地说："他们置我于不孝之地，必须处死。"狄仁杰却神色自若地申诉："犯不至死而致之死，何哉？今误伐一柏，杀二臣，后世谓陛下为何如主？"唐高宗冷静下来后，觉得狄仁杰说得有理，二人遂被免死。

断案如神的清官包拯

　　包拯是我国北宋时期颇有名望的官吏，曾奉调入京任开封府尹。在当时，平民告状都得先通过门牌司才能上交案件，时常被小吏讹诈。包拯一上任就改革诉讼制度，裁撤了门牌司。

包拯古画像

　　包拯任开封府尹期间，惠民河涨水，淹了南半城。包拯一经调查得知，河道屡疏不通的原因是达官贵人在河两岸占地修豪宅，还堵水筑起了私家园林。随后，包拯立即下令将这些花园全部拆毁，泄出水势。这一举动使他威名大震。

　　包拯处理案件公道正派，执法严峻，对各种阶层一视同仁，他不苟言笑，一脸严肃，因而得

■ 包公故事木刻

来了"包大人笑比黄河清"的民间评价。在百姓们看来，要看包公笑，简直要比黄河水变清还要难。

在开封府任期，包拯不仅断案英明，而且还是一个实干家。不到两年，他就被任命为三司使，负责全国经济工作，展现出了经济改革的天赋。比如，他改"科率"为"和市"，还免除部分地区"折变"，即废除农民将粮食变成现钱纳税的规定等措施。开展经济工作卓有成效，两年后，包拯被提拔为枢密副使。

这时的包拯已经风烛残年。宋仁宗时期相对和平，所以枢密副使这个职务也许是皇帝对包拯一生忠心耿耿的一种荣誉的回报。

在枢密副使任上一年后，包拯病逝，首都开封的老百姓莫不悲痛，皇帝亲自到包家吊唁，并宣布停朝一天以示哀悼。

包拯纯朴平实，刚直不阿，疾恶如仇，爱民如

三司使 北宋前期最高财政长官。930年始设三司使，总管国家财政。宋初沿旧制，三司总理财政，成为仅次于中书、枢密院的重要机构，号称"计省"，三司的长官三司使被称为"计相"，地位略低于参知政事。

秀才 原本指称才能秀异之士，及至汉晋南北朝，秀才变成荐举人才的科目之一。唐初科举考试科目繁多，秀才只是其中一科，不久即废。与此同时，秀才也习惯地成了读书人的通称。宋代各府向朝廷贡举人才应礼部会试，沿用唐代后期之法，先进行选拔考试，其中凡应举选拔考试，以争取举荐的，都称为秀才。

子，不苟言笑，是我国历史上少人企及的崇高与正义的化身，是一个至忠至正、至刚至纯的清官标志与忠臣样本，是一个被历朝官方推向神坛，又被历代老百姓奉为神明的"包青天"。因此，在我国的民间衍生出了很多关于他的传说。

民间相传，有一次包拯巡按到寿州暗访查案。他到了那里才知道那里的县官不在城里。有人告诉他说："庞国舅为皇上采办银鱼，船只在瓦埠湖上受阻，县官带着衙役去抓民夫，给国舅的贡船拉船去了。"

于是，包拯带着几个随从直奔瓦埠湖。他们刚到瓦埠湖边，就被县官抓住了。县官不容分说，就把纤绳套在他们身上，让他们拉纤。

后来，船在一个集镇边靠岸了，包拯看见庞氏父子带着爪牙上岸去了，就一只船一只船地查看。

包拯发现在庞氏父子曾坐过的船上坐着一个少妇，姿色出众，可是满眼泪水，异常伤心，就问道："大姐，你是庞家何人？有什么伤心事？"

那妇女说道："妾乃李秀才之妻。我丈夫新近得中举人，我与丈夫回家祭祖，叫庞子瞧见，把我抢到船上，我夫告到知县那里，知县不但不理，反把我夫交给他们。结果他们把我夫剁成肉泥，每天洒

■ 包公家训

包公侍卫蜡像

一点到湖里喂鱼，惨啊！"说完放声大哭。

包拯听了，气愤异常，但他不动声色地说："大姐，听说开封府包大人铁面无私，你给我个凭证，我替你告状去！"

妇女一听，忙站起来，从口袋里掏出一张状纸，包了些船头筐子里的肉泥，又从身上拿了一条罗帕包着递给包公，说："大哥，谢谢你！我这一生不能报答，来生当牛做马再报答！"

包拯收下那包，悄悄地转交给他的护卫马汉，说："快回寿州城，宣布巡按大人到！"马汉接受了使命，悄悄地走了。

包拯船到寿县，要知县赶快迎接巡按包大人。知县连滚带爬地从船上下来，跪在"肃静""回避"两面大牌前面。

庞国舅从船上下来，假惺惺地说："包卿，辛苦

举人　本意是被举荐之人。汉代没有考试制度，朝廷命令各地官员举荐贤才，因此以"举人"称被举荐的人。隋朝、唐朝、宋朝三代，被地方推举而赴京都应科举考试的人也成为"举人"。至明清时，则称乡试中试的人为举人，亦称为大会状、大春元。

■ 包公纪念馆

衙门 旧时称官署
为衙门。其实衙
门是由"牙门"
转化而来的。衙
门的别称是六扇
门。猛兽的利
牙，古时常用来
象征武力。"牙
门"系古代军事
用语，是军旅营
门的别称，营中
还出现了旗杆端
饰有兽牙、边缘
剪裁成齿形的牙
旗。于是，营门
也被形象地称作
"牙门"。

了！"但是却半天没见回应。

　　这时，包拯从他身后过来，说："国舅，这次为
皇上采办银鱼辛苦了！"

　　庞国舅回头一看，包拯赤着脚，背上绕着纤绳，
脸色立刻尴尬至极，嘴上却说："哪里，哪里。"

　　包拯说："我来问你，你可知李秀才在哪儿？"

　　庞国舅心里"咯噔"一下，但仍假装沉着地说：
"我不认得他！"

　　包拯一脸严肃，"哼哼"两声，回头吩咐马汉：
"把罗帕包当着国舅的面解开。"

　　马汉解开罗帕包，包里是李秀才妻子的一张状子
和李秀才被杀的肉泥，血迹斑斑。庞国舅一见，立刻
面如土色，两腿筛糠。

　　包拯当即喝令道："拿下！"马汉立即将庞国舅
五花大绑起来。

包拯等人押着庞国舅来到衙门，即刻升堂，衙吏分列两旁。有人将庞国舅押了上来。

　　包拯对案情早已了如指掌，当堂提笔判道："庞氏父子，荣膺显爵，身受皇恩，豺狼狼贪，残害百姓，虽皇亲国戚，亦罪不容赦，虎头铡且把威使。知县身为百姓父母官，助纣为虐，狡而多诈，是宜刀割首级，示众三日，立即押赴瓦埠湖畔执行！"

　　一声锣响之后，庞氏父子和知县被分别处死。

　　从宋代包拯去世后，包公的故事就在民间流传。《合同文字记》和《三现身包龙图断冤》是最早的宋人创作的包公断案故事，《宋四公大闹禁魂张》虽不是包公断案故事，但在篇末出现了包公的名字：

　　　　直待包龙图相公做了府尹，这一班盗贼，方才惧怕。各散去讫，地方始得宁静。

　　在流传下来的宋元话本中，包公故事并不多。到了元代，元曲里

合肥包公祠包公像

■ 包拯铜像

大量包公戏流传，保存下来的完整剧本的清官断案戏有十六七种，其中包公断案的就有11种多。比如无名氏的《陈州粜米》《合同文字》《神奴儿》《盆儿鬼》，元代戏曲作家关汉卿的《蝴蝶梦》《鲁斋郎》，元代戏曲作家郑廷玉的《包待制智勘后庭花》，元代杂剧家李行道的《灰阑记》，元代曾瑞卿的《留鞋记》，元代戏曲作家武汉臣的《生金阁》，还有一种是科白不全的《张千替杀妻》。

在元曲中，包拯被塑造成半人半神、可以上天入地的判官形象，主持正义又无所不能的"包公"，体现了人们对清明政治的渴望和期待。同时，这也是元代百姓的呼声。

至清代，长篇侠义公案小说的经典之作《三侠五义》中所记载的包拯形象，已经集民间包公形象之大成，使包拯不畏强暴、刚正不阿、处事干练的形象更为饱满，因而得以广泛流传。

特别是在清代小说中，增加了包公的身世、包公的三口铜铡由来、开封府三宝，即古今盆、阴阳镜、游仙枕的由来，以及开封四勇士即王朝、马汉、张龙、赵虎的来历，开封师爷公孙策的来历，展昭、白玉堂等人的来历等详细内容，其中包括大量包公断案和侠义之士游行乡里除暴安良、为国为民的故事，

元曲 是盛行于元代的一种文艺形式，包括杂剧和散曲，有时专指杂剧。杂剧，宋代以滑稽调笑为特点的一种表演形式。元代发展成戏曲形式，每本以四折为主，在开头或折间另加楔子。每折用同宫调同韵的北曲套曲和宾白组成。如关汉卿的《窦娥冤》等。

把包公的形象塑造得更为丰满、鲜活，把包公的传说推向高峰。

有关包公的故事和传说，自宋元以后，就在民间一直盛行不衰，直至形成现在丰富多彩的文学艺术形象，深受广大劳动人民的敬仰和爱戴。

在我国戏曲史上，没有一位官吏能够像包拯那样，可以如此频繁地出现在历代的戏剧舞台上，久演不衰，并且成为一类非常独特的戏剧通称，即包公戏。

包公墓

戏剧中的包公，并不等同于历史上的真实人物包拯，而是改编自文学包公的带有某种理想化的包公形象。包公既是一位清正廉明、铁面无私、心智过人、执法如山的清官，又是一个半神半凡的超人。在他的身上，反映了老百姓对于清官的企盼，和对社会公正的向往。

包拯铁面无私，刚直不阿，不畏权贵，清正廉洁，因而成为了清官学习的好榜样。

阅读链接

包公戏的流行，从南到北涉及所有的戏曲种类。包公戏情节曲折，是非分明，深得人们的喜爱。包公的脸谱和传统戏剧中的所有脸谱不同，它墨黑如漆，在眉头正中用白色油彩勾画出一弯新月，这一脸谱为戏剧中包拯的专用。包公的前额所画，俗称"月形脑门"，名"太阴脑门"。

传说中包公刚正威严，"日断阳间夜断阴"，白天料理人间的案子，夜晚则主持阴间的讼事，需要阴阳两界的"通行证"，而这"月形脑门"，就起到"通行证"的作用。

杨家将满门忠烈千古传

我国北宋时期，有一个名将叫杨业。他从小喜好骑马射箭，学了一身武艺。因为他武艺超强，英勇善战，人们称他"杨无敌"。宋太宗对杨业相当器重，起初让他担任郑州刺史，后来又让他担任代州刺史，镇守北方边境。

杨业塑像

980年3月，辽国出动10万大军，侵犯代州北面的雁门关。警报传到代州，杨业手下只有几千骑兵，力量相去甚远，大家都很担心。杨业决定出奇制胜，带领几百骑兵，从小路绕到雁门关北面，在敌人背后进行攻击。

辽军正大摇大摆向南进军，不料一声呐喊，宋军从背后杀了出来。辽军大惊，不知道宋军有

■ 杨家将抗辽壁画

多少人马,吓得四散逃奔。这一仗,辽国的一个驸马被杀死,还有一个大将被活捉。

　　杨业以少胜多,打了一个大胜仗。宋太宗非常高兴,特地给杨业升了官。从此,"杨无敌"的威望越来越高了。

　　辽军不堪失败,稍作修整之后卷土重来,气势汹汹,山西大片土地失陷。杨业父子和他们的部下虽然英勇善战,毕竟寡不敌众。他们从正午一直打到黄昏,只剩下一百多人,好不容易突出重围,且战且走,退到陈家谷。

　　哪知将领潘美的军队不顾杨业的安危,早已逃跑了。杨业只好带领部下,再跟辽军死战。将领王贵用箭射死了几十个敌人,箭射完后,又用弓打死了几个敌人,最后壮烈牺牲。杨业的儿子杨延玉和其他将士也在战争中牺牲了。

　　杨业受了十几处伤,还继续苦斗,杀死了几十个敌兵。他因为伤势太重,加上战马重伤,实在走不

杨业（？—986年），原名重贵，并州太原人，北宋名将，官至云州观察使、判代州，赠太尉、大同军节度使。因骁勇善战而出名。多次升迁到建雄军节度使，多次立下战功，每次都能取胜，国人给他起了一个绰号叫作"杨无敌"。

■ 杨家将穆桂英
（剧照）

穆桂英 原为穆柯寨穆羽之女，武艺超群、机智勇敢，传说有神女传授神箭飞刀之术。因阵前与杨宗保交战，穆桂英生擒宗保并招之成亲，归于杨家将之列，为杨门女将中的杰出人物。穆桂英与杨家将一起征战卫国，屡建战功，是我国通俗文学中巾帼英雄的典型形象。

动了，就到树林中去躲一躲，不幸被敌人射倒。他被俘以后，坚贞不屈，绝食而死。

杨业有7个儿子，除杨延玉牺牲外，最著名的要数杨延朗。杨延朗后来改名杨延昭，他镇守边关20多年，曾多次打败辽军的侵扰。杨延昭的儿子杨文广，也是一个将军，曾在西北和河北一带镇守边境。

杨家三代人英勇抗辽，为保卫宋王朝做出了巨大贡献，他们戍守北疆、满门忠烈、精忠报国的动人事迹，赢得了人们的尊重。

由于史籍中关于杨家将的记载实在过于简略，显然满足不了人们对英雄的期待。于是，"杨家将"在传颂的过程中，不断被丰富、充实、发展，原本只有三代的杨家将被谱写成了五代。原本只是男儿的铁血沙场，又融入了杨业的妻子佘太君、女将穆桂英等生动如花的女英雄。这或许是人们在以历史谱写英雄，抑或是借英雄寄语历史。

同时，在抗击敌侵过程中，妇女曾经发挥过重要作用。在这种情况下，以杨业一家忠烈勇武的事迹为基础，逐步扩衍成了"杨门女将"的传奇故事。

相传辽国的护国军师任道安借助杨家将的力量，已经将天门阵提升至人阵合一的境界，附近村落的无辜百姓被妖阵迷惑心智，相互残杀，生灵涂炭。

天门阵人阵合一，其中暗藏玄机，往往令人防不胜防。穆桂英认为，妖阵必定与任道安生辰相连，由此推算出了天门阵的心脏位置便是其死门。如果可以直捣此地，便可一举摧毁天门阵，但闯阵之人也会与天门阵同归于尽。

谁知杨家护院杨安早已决定以身犯险来报杨家恩情，结果杨安战死于天门阵，军中将士情绪低落，无心恋战。佘太君无奈之下下了遣散令。此时出家为僧的杨五郎及时赶到，激励大家重燃斗志，团结一心，誓死与天门阵同归于尽。

众人决定3日之后，趁天门阵阵势正弱将其一举攻破，商议布下竹笛阵，以五音十二律克制妖阵幻音，以降龙木之正气化解阵中幻影，杨家上下一心视死如归。最终天门阵在正义之剑下化为灰烬。

经此一役，辽朝萧太后心灰意冷，答应与杨家将化干戈为玉帛，自此之后永不犯境。

大破天门阵之后，杨家将班师回京，宋真宗亲自

■ 杨家将破天门阵

■ 杨家将府第

京剧 又称平剧、京戏，是我国影响最大的戏曲剧种，分布地以北京为中心，遍及全国。1790年起，原在南方演出的三庆、四喜、春台、和春四大徽班陆续进入北京，他们接受了昆曲、秦腔的部分剧目、曲调和表演方法，又吸收了一些地方民间曲调，通过不断的交流、融合，最终形成京剧。

迎接，并犒赏三军，御赐金匾"巾帼英雄"，下旨普天同庆。自此，杨门女将和杨家将的美名开始在民间代代相传。

到了南宋，民间艺人把杨家将，包括杨门女将在内的故事编成了话本，并在民间越传越盛。由于北宋最终为外敌所灭，南宋人们崇拜英雄的心情非常强烈。面对屈辱求和的南宋政府，他们对那些血战保国的将领更加敬仰和怀念。

到了元代，杨家将故事形式又有新拓展，出现了杂剧，比如《昊天塔孟良盗骨》等。到了明代，杨家将故事进一步丰富，出现了《杨家将演义》《杨家将传》，杨家将故事以小说、评书的形式广泛流传。这些故事反映的时间跨度加大，从宋太祖赵匡胤登基一直写到宋神宗赵顼，约100年的历史，编织了杨家祖孙世代抗敌的英勇故事。

明代中后期，外敌虎视，这种局面与宋代何其相似，杨家将成了借古言今的最好武器。与此同时，明政府也非常推崇杨家将，希望借此宣扬忠君思想。

在这样的时代氛围之下，民间艺术家在传说和戏曲的基础上，改编出历史演义小说，如明代纪振伦的《杨家将通俗演义》，加上清代熊大木的《北宋志传》，这两部书使得杨家将故事定型，为后来的戏曲和说唱文学提供了丰富素材。

明清两代，戏曲舞台上以杨家将为题材的剧目就有360出之多。京剧和其他地方剧种还经常上演《四郎探母》《穆桂英挂帅》等剧目。这些小说和戏曲，与历史事实出入已经很大，成了英雄传奇。

凝聚在杨家将传说故事中的前仆后继、忠心报国的伟大精神，是千百年来我国人们面对侵扰和欺凌，反抗侵略、保家卫国、追求和平美好希望的一种寄托，充满了强烈的爱国主义精神，闪耀着璀璨的理想主义光芒。

阅读链接

"血战金沙滩"是杨家将故事中，杨家将打得最悲壮、最惨烈的一仗。戏曲《金沙滩》演的就是这件英勇悲壮的事迹，但鹿跨涧村民什么戏都看，唯独不看《金沙滩》这出戏。

据说有一年春天，村里人点了《金沙滩》。开戏前，天气晴朗，风尘不动。戏开后，契丹兵向杨家将猛烈进攻，这时突然狂风大作，飞沙走石，风沙过后，台上杨老令公披挂上阵，领兵迎敌。

演到二郎、三郎惨死疆场时，突然从西北方向滚过一团乌云，刹那间电闪雷鸣，瓢泼大雨从天而降，整个场子里成了风雨世界。风雨过后，人们说这是祖宗对咱们的报应，老祖宗不想让咱们再提那些伤心事，此后，再也不演《金沙滩》了。

岳飞尽忠报国传佳话

我国北宋时期，北方游牧部落不断闯到宋境内抢东西，而且还杀人、放火，让很多很多人没有房子住，没有东西吃。

当时的北宋政府，宦官专政，军备废弛。面对外敌的侵袭，河南安阳汤阴县的岳飞，在国家危难之际，一心想尽自己的义务，决定投军，保家卫国。

在战争实践中，岳飞变得越来越成熟，显示出超凡的军事才能。他主张"连结河朔"，希望黄河以北的义军和宋军互相配合，夹击敌军，以收复失地。

从1128年遇元帅宗泽起到1141年为止的十余年间，他率领岳家军同金军进行了大小数百次战斗，所向披靡，以至于敌人也不得不佩服地说：

岳飞画像

■ 岳飞抗金壁画

"撼山易，撼岳家军难。"

岳飞治军，赏罚分明，纪律严整，他率领的"岳家军"号称"冻杀不拆屋，饿杀不打掳"。所以岳家军所到之处，民众无不欢欣围观，"举手加额，感慕至泣"。

岳飞能体恤部属，以身作则。他与将士同甘苦；待人以恩，常与士卒最下者同食。士卒伤病，岳飞亲自抚问；士卒家庭困难，让相关机构多赠银帛；将士牺牲，厚加抚恤。因此，岳飞深得兵民爱戴。

岳飞一贯反对消极防御战略，主张积极进攻，以夺取斗争的胜利。但是以宰相秦桧为主的保守派却一意求和，以12道金牌下令退兵，岳飞在孤立无援之下被迫班师。在宋金议和过程中，岳飞遭受秦桧等人的诬陷，被捕入狱。1142年1月，岳飞被加以"莫须有"的罪名，与长子岳云和部将张宪同时被害。

岳云（1119—1142），岳飞的长子，我国历史上少有的少年杰出英雄。他慷慨忠勇，颇有父风，在反抗金兵侵略战斗中屡立奇功，百战百胜，却于1142年除夕和父亲岳飞及部将张宪一起惨遭杀害，死时年仅23岁。

岳家军战斗艺术画

岳飞被害后，狱卒隗顺冒死将岳飞遗体背出杭州城，埋在钱塘门外九曲丛祠旁。隗顺临终前，才将此事告知其子。1162年宋孝宗即位之后，岳飞的冤案终于平反。隗顺之子告以前情，宋孝宗诏命将岳飞礼葬在西湖栖霞岭。1178年，谥岳飞为"武穆"，宋宁宗时追封为"鄂王"，宋理宗时改谥"忠武"。

岳飞在战争中联合军民，保住了南宋半壁河山，使得人民免遭敌军的蹂躏，人民对岳飞感念备至。加之在漫长的历史演变中，人们厌倦了战争，极度渴望过上幸福安康的日子。所以，关于岳飞的传说在民间一直都盛行不衰。

据说，岳飞小时候家里非常贫穷，但是他很喜欢看书，尤其是喜爱看打仗的书，他立志，长大以后做一个大将军，率领一支军队去保家卫国，不让自己的国家受到别人欺负。他经常帮助母亲干农活儿，所以他的身体练得很结实，他还经常帮助邻居们干活儿，周围的大人们都说他是一个又健康又聪明的孩子。

后来，小镇上来了一个叫周桐的老人，岳飞听说他的武艺非常高强，就和一些小朋友跟他练起了武术。由于岳飞训练时不怕吃苦，从来不像其他一些小孩子那样偷懒，所以武艺长进得非常快。

过了几年，岳飞长成一个大小伙子，也学得了一身本领。这时，国家正处在生死存亡的关头，面对侵略者的袭扰，岳飞忧心忡忡。不久之后，他决定投军。临行前，岳飞的母亲把他叫到跟前，说："现在国难当头，你有什么打算呢？"

"到前线杀敌，精忠报国！"岳飞斩钉截铁地说。母亲虽然不舍，但是听了儿子的回答，却十分欣慰，因为"精忠报国"正是自己对儿子的殷切希望。她决定把这4个字刺在儿子背上，让他铭记在心。

于是，岳飞解开上衣，露出脊背。随后，母亲在他后背上刺了"精忠报国"4个字。从此，"精忠报国"就永不褪色地留在了岳飞的后背上。

■岳母刺字

戏剧 指以语言、动作、舞蹈、音乐、木偶等形式达到叙事目的的一种舞台表演艺术的总称。由于文化背景的差别，不同文化所产生的戏剧形式往往拥有独特的传统和程式，比如西方戏剧、中国戏曲、印度梵剧、日本能乐及歌舞伎等。

岳飞投军后，因作战勇敢很快升为秉义郎。这时宋都开封被敌军围困，岳飞随副元帅宗泽前去救援，多次打败敌人，受到了宗泽的赏识，称赞他"智勇才艺，古良将不能过"。

岳飞是历史上有名的孝子。他把母亲接到军营中后，唯恐侍奉不周，每晚处理好军务，便到母亲处问安。当母亲生病时，他亲尝汤药，跪送榻前，连走路都微声屏气而行，生恐吵扰了母亲休息。凡遇率军出征，必先嘱咐妻子李娃，好好侍奉母亲。岳飞认为：

若内不能克事亲之道，外岂复有爱主之忠？

岳飞虽是武将，但他文采横溢，有儒将风范。他爱好读书，书法颇佳，时人称"室有邺架""字

■ 岳家军蜡像

尚苏体"。他还爱与文人士子交往，"往来皆高士"。他写的《小重山》不似《满江红》那样豪情万丈，可却是借琴弦抒发着心中无言的呐喊。岳飞这一生，为国家浴血沙场，赤胆忠心，不为功名，其高风亮节，令世人感佩。

■ 岳飞书法《满江红》

　　岳飞是著名的民族英雄，为历代人民所敬仰。明代中期，岳飞的故事开始广为流传，岳飞也开始成了一个家喻户晓的人物。这一时期表现岳飞故事的小说、戏剧如《精忠记》《武穆精忠传》《精忠旗传奇》等都有岳飞背上刺字的描写，刺字版本不一，最普及的则是"精忠报国"。

　　明成化年间创作的《精忠记》，也曾提及岳飞背脊有"赤心救国"字样。

　　明嘉靖年间的《武穆精忠传》中记载了另外一种说法，说有一次岳飞见汤阴家乡有人因生活所迫，聚啸山林，为了自勉和勉人，于是请工匠在背上深刺了"尽忠报国"4个字。

　　明末，由李梅草创，文学家冯梦龙改定的《精忠旗传奇》称：

　　　　史言飞背有"精忠报国"四大字，系飞令张宪所刺。

冯梦龙（1574年—1646年），明代文学家、戏曲家。字犹龙，又字子犹，号龙子犹、墨憨斋主人等。兄梦桂，善画，弟梦熊，太学生，他们兄弟三人并称"吴下三冯"。冯梦龙以其对小说、戏曲、民歌、笑话等通俗文学的创作、收集、整理、编辑，为我国文学做出了独特的贡献。

岳飞神像

"岳母刺字"的故事最早见于清乾隆年间，浙江小说家钱彩评《精忠说岳》，该书第22回的标题是"结义盟王佐假名，刺精忠岳母训子"。内容为，岳母恐日后有不肖之徒前来勾引岳飞，倘若一时失察受惑，做出不忠之事，英名就会毁于一旦，于是祷告上苍神灵和祖宗，在岳飞背上刺了"精忠报国"4个字。

该书叙述岳母刺字时，先在岳飞脊背上，用毛笔书写，再用绣花针刺就，然后涂以醋墨，使其永不褪色，描述得具体而详细。

在儒教思想的影响下，"岳母刺字"逐渐被赋予众多的文化内涵，这也是其久盛不衰的重要原因。后人评书将"尽忠报国"称为"精忠报国"，并编成一支曲在民间流传。

岳飞的母亲也被人们称为古代贤母，她作为母教典范和妇女楷模，在国家危亡之际，励子从戎，精忠报国，被传为佳话。

阅读链接

歌颂岳飞的英雄事迹在民间广为流传，其中传颂岳母刺字的故事也极为流行。但是岳母刺字的故事，在历史上却查无依据。宋人的笔记和野史均无记载，包括岳飞的曾孙岳珂所著的《金陀革编》也没有记录。

岳母刺字始见于元人所编的《宋史本传》，书云："初命何铸鞫之，飞裂裳，以背示铸，有'尽忠报国'四大字，深入肤理。"但书中未注明此四字出自岳母之手。

济公古井运木的传奇

相传南宋绍兴年间，浙江台州府天台县有个李善人，他平生乐善好施，常常救济穷人，但是却没有孩子。李家人世代信佛，虔诚拜佛终于生下一个儿子。老来得子的李善人为孩子取名修缘。

济公画像

修缘似乎是与佛门结下了不解之缘。他在父母去世以后，先进天台城北的国清寺，拜法空一本为师，在国清寺住持的高僧瞎堂慧远的门下，受具足戒，取名道济。接着，又参访祇园寺道清、观音寺道净，最后投奔于杭州灵隐寺。

道济曾经带着自己撰写的化缘

围棋 棋类游艺的一种，我国古时有"弈""碁""手谈"等多种称谓，据说是尧帝发明的，春秋战国时代即有记载。围棋用黑白圆形棋子，方形棋盘上有纵横各19条直线将棋盘分成361个交叉点，黑先白后，棋子走在交叉点上，双方交替行棋，落子后不能移动，以围地多者为胜。

疏，外出募化，修复被火烧毁的寺院。他经常游方市井，拯危济困，救死扶弱，彰善惩恶。

道济一生怡然飘逸，喜好云游，出行四方，足迹遍及浙、皖、蜀等地。他常常衣衫不整，寝食不定，为人采办药石，治病行医，解忧解难，常常灵验，广济民间疾苦。

道济的德行广为人们所传颂，人们又将他叫作"济颠和尚"。因平生才华横溢，乐善好施，深知民间疾苦惩处为富不仁之人，深受百姓爱戴尊为济公。在人们看来，济颠的"济"字也包含着扶危济困的意思。

道济善下围棋，喜斗蟋蟀，更写得一手好诗文。他徜徉山水，自得其乐，游履所至，挥毫题墨，文词隽永，志在"一身破烂行天下，除恶惩奸辨是非"。因为他有这样的理想并付诸实施，所以民间一直都不乏关于济公的传说。

有关济公的故事传说，在南宋时代即已开始流传。先是凡俗神童李修缘或是得道高僧道济的一些富有传奇色彩的片断故事在民间耳闻口传，后来通过说书人的话本说唱，内容逐渐丰富。

传说，济公出生时正好碰上国清寺罗汉堂里的第十七尊罗汉即降龙罗汉突然倾倒的事情，于是人们便把济公说成是罗汉投胎。

■ 济公雕塑

但是，道济出家后，一反常态，言行叵测，不喜念经，难耐打坐，经常和那些顽童厮混在一起游戏。而且道济嗜好酒肉，衣衫褴褛，常常到市井中，做救死扶弱的事情，因此，人们称他为"济颠僧"。

这一年农历六月二十三，正是赤日炎炎的大热天，可是到南屏山净慈寺来烧香拜佛的人比往常还多，大家烧香磕头，求火神不要降火灾，保佑四季平安。

■ 济公彩陶像

这时，从山门外来了一个年轻漂亮的姑娘。这姑娘穿一身红绸衣裙，手撑一把小阳伞，一双乌黑的眼睛东张西望。恰恰这个时候，道济从厨房里冲出来，一手拿着一根竹棒，也不说话，伸开两臂拦住山门，不让那姑娘进来。

这时，老方丈从里面出来，见道济这样，便大声呵斥道："济颠，你像不像个出家人？还不给我走开！"

道济扭过头来，笑嘻嘻地问老方丈道："师父呀，你说说看，是有寺好还是没寺好？"

老方丈想都没想就骂道济说："多嘴，我们出家人多一事不如少一事，当然是'没事'好！"

道济叹了一口气说："师父呀，等到'没有寺'了，你不要后悔啊！"

罗汉 又名"阿罗汉"，即自觉者，在大乘佛教中罗汉低于佛、菩萨，为第三等，而在小乘佛教中罗汉则是修行所能达到的最高果位。佛教认为，获得罗汉这一果位也就是断尽一切烦恼，应受天人的供应，不再生死轮回。在我国寺院中常有十六罗汉、十八罗汉和五百罗汉。

■ 济公神像

民间相传

民间传说与文化内涵

净慈寺 杭州西湖历史上四大古刹之一。因为寺内钟声宏亮，"南屏晚钟"成为"西湖十景"之一。净慈寺在南屏山慧日峰下，是954年五代吴越国王钱弘俶为高僧永明禅师而建，原名永明禅院，南宋时改称净慈寺，并建造了五百罗汉堂。

老方丈听也不听，拿拐棍儿敲着道济说："'没有事'，我正巴不得呢！你少在这里啰唆，快给我走开！"

道济见当家老方丈这么一说，就把两根竹棒儿往胳肢窝下一夹，独自走开了。

那穿红衣裙的姑娘刚走进大雄宝殿，往人群中三挤两挤就不见了。这时，忽地刮起了一阵大风，有一只红蜘蛛从大殿正梁上挂下来，不偏不倚，正好落在点着的烛火上。只听，"呼"的一声，烛火四射，大殿里面立刻着起火来了。霎时就把金碧辉煌的净慈寺烧成了一片火海。

许多香客跟僧人东逃西躲没处藏身，看看只有殿后那一间柴房没烧着，大家就你推我挤地往那里奔跑。推开门一看，只见道济翘起两条腿，躺在草堆上睡得正香甜。大家七手八脚地去推他，道济揉揉眼皮翻个身，迷迷糊糊地说："莫吵，莫吵！"

大家把他拖起来，大声说："火都烧着眉毛啦，你还在睡大觉！"

道济也不回答，只嘻嘻地朝大伙儿憨笑。

老方丈看到着火了也火了，说："寺院烧掉了，你还乐呢！"

道济说："哈哈！这就要问师父啦！刚才那穿红

衣裙的姑娘是火神变的，她今天午时三刻要来烧净慈寺，我不放她进来，想耽误过时刻，这火便烧不成啦。"

老方丈听了着急地说："哎呀呀，那你为啥不早点说呀？"

道济说："师父还怨我不早说呢，我拦也拦了，大家都轰我，刚才我还问师父，师父不是说'没寺'好吗？哼，你不是还拿拐棍儿敲我吗！"

老方丈这时才明白：原来自己一时心急，把话音都听错了，错把"寺"听成了"事"。真是又惭愧又伤心，忍着眼泪说："要知道是寺院的'寺'，怎么会说，多一寺不如少一寺呢！"

净慈寺失火焚毁了大雄宝殿。道济受方丈之托，募化建殿的大木。道济在痛饮沉醉3日后，大声喊道："大木来了，可从井中去取。"果然寺中井底有大木涌出。寺僧们赶紧从井里先后取出60多根。后来方丈说够用了，大木就不再涌现。

在道济的家乡杭嘉湖一带，流传的故事内容更为广泛，其中以"飞来峰""赭溪救童""戏弄秦相府"等故事最为脍炙人口。直至明末清初，出现了一部描写济公传奇事迹的《济公传》。

寺院中的济公殿

黎民盼望救星，社会呼唤英雄，当人民十分需要圣贤的时候，高僧道济就成了"活佛"，成为历代供奉祭祀的神灵，其成佛后的尊号长达28个字：

大慈大悲大仁大慧紫金罗汉阿那尊者神功广济先师三元赞化天尊

这个尊号集佛道儒于一身，堪称神化之极致，说明济公深受广大人民群众的喜爱，成为人民心中的"活佛"，反映出济公的形象具有广泛的亲和力。

在道济的生前身后，天台出现了许多关于他的灵异传说，为人们所津津乐道。明清以来，济公传说广泛流传于全国各地，成为家喻户晓的民间故事。

千百年来，济公传说已成为文学艺术的生动素材，在小说、戏曲、书画、雕塑等领域都得到广泛运用。同时，济公传说作为一种独特的文化现象，深深印刻在民众的心里，对于中华民族精神的形成有着重大影响，对于推进道德教育具有重要作用。

阅读链接

据民间传说，道济像所有的文人一样，从少年起便一直做着金榜题名的科举梦。他为了好好学习，从永宁村搬到天台赤城山瑞霞洞苦读诗书十年。就在李修缘要准备赴考的时候，家里的父母忽然双双得了急病，病情来得很急，不出三日，就相继去世了。

李修缘痛哭了一番，办完丧事，一时万念俱灰。父母双亡以后，李修缘一边为父母守孝，一边读佛法方面的书籍。到了18岁，孝期满了后，李修缘看破红尘，立志出家。后来，终成广传后世的一个神僧。

成为智慧化身的刘伯温

　　那是在元末明初的时候，从小就能过目不忘的刘伯温被大明开国皇帝朱元璋请至应天，担任谋臣的职位。在这个职位上，刘伯温展现了一个非常成功的兵法家的才能。

■ 龙王塑像

刘备（161年—223年），字玄德，东汉末年幽州涿郡涿县人，西汉中山靖王刘胜的后代，三国时期蜀汉开国皇帝，政治家，史家又称他为先主。223年，刘备病逝于白帝城，终年63岁，谥号昭烈皇帝，庙号烈祖，葬惠陵，在成都武侯祠有昭烈庙为纪念。

刘伯温针对当时的形势，向朱元璋提出避免两线作战、各个击破的战略，辅佐朱元璋集中兵力先后消灭了陈友谅、张士诚等势力。

接着，刘伯温又建议朱元璋，脱离红巾军领袖"小明王"韩林儿自立势力，然后以"大明"为国号来招揽天下义师的民心。1367年，刘伯温参与制定朱元璋的灭元方略，并得以实现。刘伯温共参与军机8年，筹划全局。

在此期间，刘伯温为朱元璋预言帝王之业，无不实现，无异于诸葛亮在隆中为刘备预言天下三分，使朱元璋大开眼界。1370年，朱元璋为嘉勉刘伯温的功劳，授命刘伯温为弘文馆学士。

不久之后，朱元璋大封功臣，本想封刘伯温为丞相，但是刘伯温一再推脱，只好放弃。其实，这并不是刘伯温的客气，而是他明白自己的正直会遭到其他为官者的排挤，因此申请还乡。

辞官回乡之后的刘伯温，开始研究天文历法，他懂得那个时代极少有人懂得天文学，于是，刘伯温以精于象纬之学的声誉和形象在社会上广泛流传。

在民间传说故事中，刘伯温的形象是一位神人、先知先觉者和料事如神的预言家，有"前知五百年、后知五百年"之说。

相传，刘伯温本是玉帝身前一位天神，元末明初，天下大乱，战火不断，饥荒遍地。玉帝令刘伯温转世辅佐明君，以定天下，造福苍生，并赐斩仙剑，号令四海龙王。

龙王年老体弱，事务繁多，因此派出了自己的9个儿子。龙的9个儿子个个法力无边，神通广大。他们跟随刘伯温征战多年，为朱元璋打下了大明江山，又助朱棣登上皇位。

当龙王9子功得圆满，准备返回天庭复命之时，明成祖朱棣却想永远把它们留在自己身边，安邦定国，雄霸天下。于是朱棣便借修筑紫禁城为名，拿了刘伯温的斩仙剑号令9子。

龙王9子是神兽，大发雷霆，顿时呼风唤雨，一时间电闪雷鸣，风雨交加。

朱棣见斩仙剑镇不住9子，便决定用计，他对龙王9子中的老大赑屃说："你力大无穷，能驮万斤之物，如果你能驮走这块先祖的神功圣德碑，我就放你们走。"

赑屃一看原来是一块小小的石碑，便毫不犹豫地驮在了身上，虽用尽法力却寸步难行。原来，神功圣德碑乃记载"真龙天子"生前一世所做功德之用，又有两代帝王的玉玺

■ 刘伯温塑像

四海龙王 奉玉帝之命管理海洋的4个神仙，弟兄4个中东海龙王敖广为大，其次是南海龙王敖钦、北海龙王敖顺、西海龙王敖闰。四海龙王的职责是管理海洋中的生灵，在人间司风管雨，统帅无数虾兵蟹将。

印章，能镇四方神鬼。

其他8个龙子，老二螭吻、老三蒲牢、老四睚眦、老五饕餮、老六蚣蝮、老七狴犴、老八狻猊、老九椒图，眼看大哥被压在碑下，不忍离去，便决定一起留在人间，但它们一起发誓，永不再现真身。因此，朱棣虽然留住了9个龙子，但得到的却仅仅是它们的塑像。

刘伯温得知此事后，也弃朱棣而去，脱离肉身返回天庭。朱棣后悔莫及，为了警示后人不要重蹈覆辙，便让9个龙子各司一职，流传千古。

■ 朱元璋与刘伯温

刘伯温不仅是明太祖朱元璋的开国谋臣，也是民间传说中神机妙算的人物，甚至有人传说他是诸葛亮"转世"。

传说有一天，刘伯温在行军途中做了一个梦：他走出朱元璋的营帐，走进深山老林，森林越来越密，不觉有点着急。慌忙间惊走一群野鸡，腾空而飞。只见不远处有一座千年古庙，他径直走了进去。

刘伯温进来一看，庙门匾额上书"诸葛武侯"4个字，庙门左右贴着一副对联，写道："金鸡土狗奔马时；留头金刀在此溺。"

刘伯温不解其意，也来不及琢磨推敲，赶忙给庙中神像深深施了一礼。随即发现神像下有木刻神牌，上写"三分天下诸葛亮"几个字。刘伯温大笑一声

匾额 是古建筑的必然组成部分，相当于古建筑的眼睛。匾额中的"匾"字古也作"扁"字。悬挂于门屏上作装饰之用，反映建筑物名称和性质，表达人们义理、情感之类的文学艺术形式即为匾额。但也有一种说法认为，横着的叫匾，竖着的叫额。

说：我一统天下还没说什么，你三分天下有什么了不起。一气之下，把木牌摔断在地。

谁知断牌里面还有一个小牌，刘伯温拿起小牌一看，上面竟然写着"一统天下刘伯温"。此时，刘伯温才大吃一惊，诸葛亮果然是神人！

再回头看看那庙门上的楹联，心想那留头金刀不是分明指自己的姓吗？留去田加金、刀旁正是"刘"字啊。

上联那"金鸡土狗奔马时"，很明显是指时间。此年是丁酉年，酉即鸡。九月九日的地支是戌，戌的生肖是狗。奔马时，显然是指正午时辰，现在正是正午啊，想不到自己的一举一动都被诸葛亮算得准确无误，太神了！

刘伯温连忙在诸葛亮像前跪下作揖，连连请罪。没想到，跪下之后却怎么也站不起来了。

楹联 也叫对联或对子，是写在纸、布上或刻在竹子、木头、柱子上的对偶句，对仗工整，平仄协调，是一字一音的中文语言独特的艺术形式。对联相传起于五代后蜀主孟昶，它是中华民族的文化瑰宝。

■ 刘伯温墓遗迹

正在百思不得其解之时，又见对面墙上写有拳头大4个字："弃甲而走"。心想：这是暗示我脱了盔甲才能脱身吗？他赶忙脱下盔甲，果然得以脱身。此时，刘伯温的梦也醒了。

刘伯温的传说在我国有很多，并被世世代代的人们广泛流传着，在我国民间文学史上有着很大的影响。其中占有很大比例的是智慧故事，有着重要的认知价值。

刘伯温是智慧化身，是民众智慧的象征；他是清官样板，仁人君子，勤勉学子，是民众道德的象征；他是预言大师，风水宗师，得道仙师，是民众信仰的象征。刘伯温的智慧故事更是占有很大的比例，据粗略统计，在南方流传的刘伯温传说故事中，智慧故事就占了将近一半，特别是在刘伯温的故乡浙江，智慧故事占了近三分之二。这些智慧故事，是长期以来人们实践和智慧的经验总结，反映出人们的思维特点和思维方式。

总之，刘伯温传说是探究我国民间文化的一个很好的窗口，在一定程度上反映了民众的智慧、道德和信仰。

阅读链接

刘伯温从小博览群书，诸子百家无一不窥，尤其是对天文地理、兵法数学更有特殊爱好，他潜心钻研揣摩，十分精通。有一次，他在一家书屋看到一本天文书，便爱不释手，一口气读完了此书。第二天竟能从头至尾背诵如流。店主人知后十分惊奇，要把这部天文书送给他，刘伯温说："这部书已装在我胸中，书对我已经没有用了。"

刘伯温的虚心好学和出众才智，不仅使他学就和掌握了丰富的知识，而且使他年轻时就在家乡出了名，大家都说他有魏徵、诸葛孔明之才。

幽默阿凡提的神奇智慧

据说阿凡提出生在我国新疆葡萄沟南部一个叫达甫散盖的古老村落。从阿凡提故居石碑上的介绍可知，他生于1777年6月5日，去世于1876年6月5日，享年99岁。新疆吐鲁番人坚持认为，阿凡提是一位乐观、幽默、机智的民族达人。

阿凡提出生于一个贫苦农民家庭，6岁读完私立小学，11岁开始学习伊斯兰教经典《古兰经》，17岁时就可以翻译阿拉伯语言书籍。

有关阿凡提的故事，数百年来在新疆维吾尔自治区各少数民族中流传，而在维吾尔族人民中更是家喻户晓。这些故事题材广泛，构思奇巧，言简意赅，妙趣横

阿凡提石雕像

生，大都具有鲜明的阶级立场和劳动人民的是非观念。

县里的喀孜假公济私，贪赃枉法。阿凡提因有事要去外县，需喀孜开一张证明信。他多次去找喀孜都没有办成，只是因为没行贿，被他拒绝了。无奈之下，阿凡提只好带上一罐蜂蜜去恳求喀孜，总算弄到了一张证明信。

第二天，喀孜想尝一尝蜂蜜的味道，打开罐子一看，发现表层只有一指深的蜂蜜，底下装的全是泥巴。喀孜见自己受了骗，火冒三丈，急令差役快速追回证明信。

差役找到阿凡提，告诉他："喀孜说开的证明信有误，需收回修正，请快把证明信拿来。"

阿凡提听罢，笑了笑说道："请代我向喀孜大人致意，并转告他：他所开的证明信根本无误，我已使用，完全有效，只是我一时疏忽，送去的蜂蜜有误。请他多多原谅！"

据说，阿凡提骑毛驴的方法很特别，是背朝前，脸朝后。他对他的学生解释说："假如我面朝前骑在毛驴上，你们就会落在我的背后。假如你们走在我的前面，那我又只能看见你们的背脊，因此我选

阿凡提艺术画像

《阿凡提·称金子》造型

择了一种最好的骑毛驴的办法，就是背朝前，脸朝后，这样就解决了一切难题，而且能更方便地看着交谈的人，这样也就显得更有礼貌。"

有一天，阿凡提倒骑着毛驴，路过一村庄。一个村夫见阿凡提说："尊贵的客人，在这里歇歇脚吃点饭再走吧？"

阿凡提前后看了看，就自己一人，便回答说："谢谢，不用了。"

村夫恶作剧地说："你以为我会让你吃饭，我让的是你的驴。"

阿凡提很生气，伸手给毛驴一巴掌，对毛驴说："来村口时我就问你，这庄上有没有亲戚，你说没有亲戚，没有亲戚咋会有人让你吃饭？"接着又是几耳光，说，"看你畜生以后还敢不敢糊弄人。"

阿凡提年过七旬时，仍然不服老，一天，他企图把院子里的一块大石头搬动一下，这一搬坏了他的事，腰也扭了，气也不顺了。从此，他卧床不起。

许多亲朋好友前来探望他。他对安慰他的人说："请你们别难过，我身体和年轻时一样，力气一点没减少。"

"何以见得呢？"人们问道。

阿凡提说："我们家院子里的那块大石头，我年轻时搬过它，怎么搬也没搬动，几天前我试了试，仍然没搬动，你们看我的力气不是和年轻时一样大吗？"

阿凡提很老了，当地的一个官员听说阿凡提没多少日子了，于是前来探望，他对躺在床上的阿凡提说："如果你有什么遗愿，有些什么事要做，请你对我说吧！"

阿凡提有气无力地对这个官员说："我只有一个愿望，等我死了以后，希望您能穿上我穿过的补丁长袍，骑上我那头毛驴，到那些乞丐和穷人住的地方走一趟，这就是我的遗愿。"

官员答应他的要求后走了。后来，官员按照阿凡提的遗愿，穿上阿凡提打了补丁的长袍，骑上阿凡提的毛驴朝穷人和乞丐们住的地方走去。

那些穷人和乞丐们看见一个像阿凡提的人走来，一面高兴地向他涌来，一面快乐地大声嚷道："我们的阿凡提回来了，他没有死，他还活着！"

人们高兴地喊着，跳着跑来。可是，当骑驴人走近的时候，他们发现不是阿凡提，有的痛哭，有的沮丧，非常失望地走开了，有人高声喊道："真主啊，我们的保护神阿凡提再也不会到我们中间来了！"说完，悲伤地哭了起来。

阿凡提乐于助人

这时，官员才明白了人民真正的悲伤。

阿凡提有4个儿子。他们都不太孝敬年迈的父亲，而且很懒。阿凡提决定好好惩治他们一下，分别给每个儿子说："亲爱的孩子，我是最疼爱你的。现在，我要告诉你一个秘密，

■ 阿凡提艺术塑像

不过你千万不要让别人知道。我在我们家果园的一棵树下埋了一罐金币。等我死后，你悄悄把罐子挖出来，那是我给你一个人留下的遗产。但是，请你千万注意，别把树根刨坏了，先在树根下浇一点水，再轻轻一挖就能挖出来。"

于是，4个儿子开始偷偷地孝敬起父亲来，而且变得一个比一个勤快。没过多少日子，阿凡提瞑目了。一天夜里，4个儿子全拿上坎土曼来到了果园，准备掘出埋藏的金罐。

他们按照父亲说的，每棵树都浇上了水，开始挖起来。但把所有的树根都挖开看了，也都浇上了水，却没有找到金罐，在最后一棵树下，找到了一块石头，石头上刻上了这么几个字："要用自己的劳动换来果实。"

他们终于明白了其中的奥秘。到了秋天，所有被浇了水的果树都结满了累累果实。

类似这样的故事，还有很多很多，每一个故事都让人深思。

阿凡提一生讲了无数个故事，他用聪明、机智、幽默的语言，嘲笑了人们的愚昧、无知，讽刺了统治者的荒唐、残暴，歌颂了劳动人民的勤劳、智慧。因此，几百年来，阿凡提的笑话和故事，一直在民间流传，深得各族人民的喜爱。

阿凡提这个形象，是古代维吾尔族劳动人民在反抗压迫和封建世俗观念的斗争中塑造出来的一个理想化人物。他勤劳、勇敢、幽默、乐观，富于智慧和正义感，敢于蔑视反动统治阶级和一切腐朽势力。在他身上，体现了劳动人民的品质和爱憎分明的感情，反映了劳动人民的利益和愿望，是一个深为新疆各族人民喜爱的艺术形象。

有人称阿凡提是"宇宙级幽默大师"。据说阿凡提笑话可以在普天之下的40多种语言中听到。阿凡提的故事在流传过程中，与各地类似阿凡提式的机智人物的故事混合在一起，以至达到难以区分的程度。有关阿凡提的逸闻趣事，成为流传所到之地人们共同的精神财富。

阅读链接

根据各种文字记载，阿凡提原是一位哲学家，祖籍土耳其，才智过人，思维敏捷，说话幽默，在横跨亚欧非辽阔的奥斯曼帝国各地云游旅行。在过去的几个世纪里，各国人民把许多有趣的故事和有教育意义的哲理寓言，记录在他的名下，广为流传，家喻户晓。

各国人民根据自己的喜好，对他的称呼不同。阿拉伯人称他是"久哈"或"纳瑟"，波斯人称他是"达尔维斯"，土耳其人称他是"纳斯鲁丁·霍加"，希腊人称他是"科贾·纳斯鲁丁"，等等。

在我国古典文学宝库中，除了有史书记载的爱情主题作品外，还有一类民间流传的爱情故事传说，它不仅内容丰富，而且充满了艺术魅力。比如其中的《牛郎织女》《孟姜女》《梁山伯与祝英台》与《白蛇传》，就是我国著名的爱情传说。

我国民间的爱情传说，是指在我国民间以口头、文稿等形式流传最为宽广、影响最大的神话传说。它们和其他民间传说故事构成了我国民间文化的一个重要组成部分，对广大民众的生活有着深刻的影响。

爱情传说

感天动地的牛郎织女

那是很久以前，我们祖先过着日出而作、日落而息的生活。每当日落之后，他们就会仰望头顶上那片璀璨的星空，久而久之，人们发现日月星辰都有一定规律，就对其产生了浓厚兴趣。

牛郎织女石刻

最先，我们的祖先就将这些天文知识刻在甲骨上，无论是对太阳、月亮、行星、彗星、新星、恒星，还是日食和月食等罕见天象，都有着悠久而丰富的记载。

随着人们对天文的认识和纺织技术的产生，就有了有关牵牛星和织女星的记载。根据我国宋代著名类书《太平御览》卷31引西晋周处的《风土

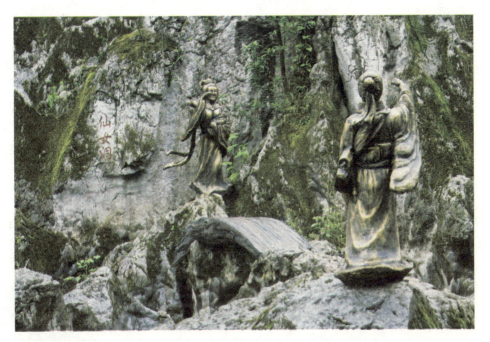

记》记载：

■ 牛郎织女铜像

　　七月初七日，其夜洒扫于庭，露施几
筵，设酒脯时果，散香粉于筵上，以祈河鼓
织女，言此二星神当会。

　　此处的"河鼓"和"织女"，指的就是牵牛星和
织女星。据民间传说，牵牛星是谷物之神，织女星则
是天帝之女桑蚕之神，谷物神和桑蚕神都是我们这个
农耕民族的先民极为重视的神祇。那时的人们，认
为东西南北各有7颗代表方位的星星，合称二十八星
宿。而牵牛星和织女星每到初秋七月份时，两星的运
行就显得最为突出。

　　人们还发现，牵牛星在织女星的东方，中间有白
蒙蒙的像云一样的东西，从北到南断断续续地横过天

　　《风土记》 由
西晋周处所编，
是记述地方风俗
的名著，是我国
较早记述地方习
俗和风土民情的
著作，比另一部
同类性质的《荆
楚岁时记》要早
好多年。此书对
于端午、七夕、
重阳等民俗节
日，都有重要记
述。《风土记》
也应该是宜兴历
史上第一部记录
地方风物的书。

民间传说与文化内涵

王母 是道教女神。天下道教主流全真道祖师，原是掌管灾疫和刑罚的大神，后于流传过程中逐渐女性化与温和化，而成为慈祥的女神。相传王母住在昆仑仙岛，王母的瑶池蟠桃园，园里种有蟠桃，食之可长生不老。亦称为金母、瑶池金母、瑶池圣母、西王母。

■ 牛郎盗衣与织女结缘剪纸

空，人们把它叫作天河。天河东南面有排成一条直线的3颗星，中间一颗很亮，两旁的光亮较弱，看上去与中间一颗距离恰好相等。这3颗星叫天平星，也叫挑担星。

这中间的那颗最大最亮的就是牛郎星，也叫作牵牛星。它的光亮稍稍带点黄，不及织女星那么亮。于是，出于对自然的崇拜，人们在这两颗星星的基础上，将它们人格化了，民间便出现了大量关于牛郎和织女的传说故事，并一步步趋于了完美。

话说牵牛被贬之后，落生在一个农民家中，取名叫牛郎。后来因为父母早亡，他便跟着哥嫂度日。但是，哥嫂待他非常刻薄，要与他分家，最后只给了他一头老牛和一辆破车，其他的都被哥哥嫂嫂独占了。

从此，牛郎和老牛相依为命，他们在荒地上披荆斩棘，耕田种地，盖造房屋，勉强可以糊口度日。这一天，老牛突然开口说话了，它对牛郎说："牛郎，今天你去碧莲池一趟，那儿有些仙女在洗澡，你把那件红色的仙衣藏起来，穿红仙衣的仙女就会成为你的妻子。"

牛郎见老牛口吐人言，又奇怪又高兴，便问道："牛大哥，你真会说话吗？你说的是真的吗？"老牛点了点头，牛郎便悄悄躲在碧莲池旁的芦苇里，等候仙女们的来临。

不一会儿，仙女们果然翩翩飘至，脱下轻罗衣裳，纵身跃入清流。牛郎便从芦苇里跑出来，拿走了红色的仙衣。仙女们见有人来了，忙乱纷纷地穿上自己的衣裳，像飞鸟般地飞走了，只剩下没有衣服无法逃走的仙女，她正是织女。织女见自己的仙衣被一个小伙子抢走，又羞又急，却又无可奈何。

牛郎织女男耕女织

这时，牛郎走上前来，对她说："答应做我妻子，我才能还给你衣裳。"织女定睛一看，发现牛郎正是自己日思夜想的牵牛，便含羞答应了他。这样，织女便做了牛郎的妻子。

他们结婚以后，男耕女织，相亲相爱，日子过得非常美满幸福。不久，他们生下了一儿一女，十分可爱。牛郎织女满以为能够终身相守，白头到老。可是，王母知道这件事后，勃然大怒，马上派遣天神仙女捉织女回天庭问罪。

这一天，织女正在做饭，下地去的牛郎匆匆赶回，眼睛红肿着告诉织女："牛大哥死了，他临死前说，要我在他死后，将他的牛皮剥下放好，有朝一日，披上它，就可飞上天去。"

织女一听，她明白，老牛就是天上的金牛星，只因替被贬下凡的牵牛说了几句公道话，也被贬下天庭。但织女心中纳闷，它怎么会突然死去呢？织女便让牛郎剥下牛皮，好好埋葬了老牛。

正在这时，天空狂风大作，天兵天将从天而降，不容分说，押解

■ 戏剧中的牛郎织女形象

民间传说与文化内涵

《大东》 周代东方诸侯小国怨刺西周王室诛求无已、劳役不息的诗。《毛诗序》曰:"《大东》,刺乱也。东国困于役而伤于财,谭大夫作是诗以告病。"历代传笺疏注说解,基本上没有大的出入,肯定这是被征服的东方诸侯国臣民怨刺周王朝统治的诗歌作品。

着织女便飞上了天空。这时,织女听到了牛郎的声音:"织女,等等我!"织女回头一看,只见牛郎用一对箩筐,挑着两个儿女,披着牛皮赶来了。

慢慢地,他们之间的距离越来越近了,织女可以看清儿女们可爱的模样了,孩子们都张开双臂,大声呼叫着"妈妈"。

眼看牛郎和织女就要相逢了,可就在这时,王母驾着祥云赶来了,她拔下头上的金簪,往他们中间一划,霎时间,一条波涛滚滚的天河横在了织女和牛郎之间,无法横越。

织女望着天河对岸的牛郎和儿女们,直哭得声嘶力竭,牛郎和孩子也哭得死去活来。他们的哭声是那样揪心,催人泪下,连在旁观望的天神们都觉得心酸难过。

王母见此情此景,也为牛郎织女的坚贞爱情所感动，便同意让牛郎和孩子们留在天上，每年七月七日，让喜鹊在天河上搭桥，牛郎和织女相会一次。从此，牛郎和他的儿女就住在了天上，隔着一条天河，和织女遥遥相望。

牛郎和织女鹊桥相会的美丽传说，寄托了古代人们对有情人长相守的一种美好向往和愿望。

其实，在我国古代的文献中，牛郎和织女最初是作为两个星星的名字而出现的。这两个星名最早见于《诗经·小雅》中的《大东》篇，诗中将牛郎称为牵牛。

古人之所以关注天上的星星，是因为星星在夜空中位置的变化可以用来标农时、记时令，而牵牛、织女两星则是作为秋天到来的标志受到古人瞩目的。

这一点，在我国历史上第一部历法《夏小正》中就说得很明白："七月……初昏，织女正东向"一句"织女正东向"，蕴含了牛郎和织女七夕会天河这一故事的全部秘密。

到了东汉时期，无名氏创作的《古诗十九首》中，有一首《迢迢

浪漫佳话

爱情传说

牛郎织女家庭生活

牵牛星》，描写了牛郎织女凄美的爱情故事，诗中写道：

> 迢迢牵牛星，皎皎河汉女。
>
> 纤纤擢素手，札札弄机杼。
>
> 终日不成章，泣涕零如雨。
>
> 河汉清且浅，相去复几许？
>
> 盈盈一水间，脉脉不得语。

从这首诗中可以看出，牵牛、织女已是一对相互倾慕的恋人。

在文字记载中，最早称牛郎、织女为夫妇的，应是南北朝时期梁代的肖统编纂的《文选》，这时"牛郎织女"的故事和七夕相会的情节，已经初具规模了，由天上的两颗星发展成为夫妻。

但是在古人的想象中，天上的夫妇和人间的夫妇基本上是一样的，因此，故事中还没有什么悲剧色彩。在东汉应劭编纂的《风俗通义》中有一段记载：

　　　　织女七夕当渡河，使鹊为桥，相传七日鹊首无故皆髡，因为梁以渡织女也。

　　这表明，在当时，不仅牵牛、织女为夫妻之说已被普遍认可，而且他们每年以喜鹊为桥、七夕相会的情节，也在民间广为流传，融入了风俗之中。

　　随着时间的推移，这个故事在继续丰富和发展。在《荆楚岁时记》中有这样一段记载：

　　　　天河之东有织女，天帝之子也，年年

《风俗通义》

也叫《风俗通》，东汉泰山太守应劭著。原书三十卷、附录一卷，后来仅存十卷。该书考论典礼类《白虎通》，纠正流俗类《论衡》，记录了大量的神话逸闻，但作者加上了自己的评议，从而成为研究古代风俗和鬼神崇拜的重要文献。

浪漫佳话

爱情传说

■ 牛郎织女木雕

织杼劳役，织成云锦天衣。天帝哀其独处，许配河西牵牛郎，嫁后遂废织衽。天帝怒，责令归河东，唯每年七月七日夜一会。

牛郎织女的故事发展到此，又起了较大的变化。由于牛郎织女婚后贪图享乐，"废织衽"，因而激怒了天帝，受到惩罚。这便给故事带来了悲剧气氛。

那么，为什么在后一个传说中，要加进老牛这个角色，并使它在故事中发挥了巨大的作用呢？这因为牛是农家宝，农民热爱耕牛，甚至还在耕牛身上寄托着自己的生活理想。

当生活的理想遭到阻碍时，农民容易产生救助于牛的幻想，希望牛发挥神奇的力量，帮助自己渡过难关。同时，把动物人格化，也是各种民间传说经常采用的艺术手法之一。

牛郎织女的故事，反映了古代人民反对封建礼教、追求幸福生活的美好愿望，对美好爱情的向往，追求和崇尚对爱情的忠贞不渝。让人们相信爱情来之不易，让人们更加珍惜爱情的难能可贵。

阅读链接

牛郎和织女的故事在我国还有很多种说法。相传，很久以前，牛郎与老牛相依为命。一天，老牛让牛郎去树林边，说会看到一位美丽的姑娘，她将和他结为夫妻，牛郎纳闷，但还是去了，事情和老牛说的一样，他见到了那位美丽的姑娘，而且他们过上了幸福的日子，并生了儿女。

可是好景不长，老牛交代完事情就死了，织女也被天兵抓走了。于是，牛郎带着儿女披着牛皮追织女，就快追到时，王母拿下簪子划了条天河，他们被隔开了。从此，他们天天隔河相望啼泣，以泪洗面，感动了王母娘娘，于是允许他们每年七月七日相会一次。相会时，由喜鹊为他们架桥。

孟姜女为情郎哭断长城

传说在秦灭六国之后，实现了中原的统一，但是北方匈奴的势力还很强。为了维护统一，巩固新生政权，秦始皇开始修筑长城，以阻挡匈奴铁骑的入侵，保护北方边境地区人民的生命财产安全。

长城是个浩大的工程，需要大量的人力、物力和财力。据记载，秦始皇使用了近百万劳动力修筑长城，占全国总人口的二十分之一。当时没有任何机械，全部劳

孟姜女雕塑

■ 戏曲中的孟姜女

礼 在我国古代中，礼是社会的典章制度和道德规范。作为典章制度，它是社会政治制度的体现，是维护上层建筑以及与之相适应的人与人交往中的礼节仪式。"礼"作为道德规范，它是领导者和贵族等一切行为的标准和要求。

动都由人力完成，工作环境又是崇山峻岭、峭壁深壑，十分艰难。于是民间就流传出了孟姜女哭长城的故事。

据传说，秦始皇为了防止匈奴人南掠，征调全国青壮劳力，加紧修筑长城。在被征调的人当中，范喜良就是其中的一个。

为了躲避服役，范喜良乔装改扮，偷偷地逃跑了。他一路劳顿，饥渴难耐，这天恰好路过孟家庄孟老汉家的后花园，就翻墙到园中稍作歇息，恰好惊动了园中散心的孟姜女。

孟姜女又惊又恼，急忙找来父母。孟老汉对这个私进自己后花园的人非常生气，问道："你是什么人，怎么敢私进我的后花园？"

范喜良急忙连连请罪，并向孟老汉一五一十地诉说了原委，边说边向孟氏父女连连告罪。孟姜女见他还算知礼，看上去人也忠厚老实，很是喜欢，一颗芳心暗许。孟老汉对范喜良也很同情，便留他住了下来。

过了些日子，孟姜女向父亲表明心意，孟老汉心里也喜欢这个知书达理的小伙子，听了非常赞成，就对范喜良笑着说道："你现在到处流落，也无定处，我想招你为婿，你以为如何？"

范喜良乍听愣了一下，急忙推辞说："这可不行呀，我是一个逃命的人，居无定所，只怕会连累小姐。"

可是孟姜女心意已决，非喜良不嫁，范喜良看在眼里，心里面早就明白孟姜女的心意，他不忍看她为了自己而伤心，就答应了这门亲事。孟老汉乐得嘴都合不上了，就挑选个吉日，给他们完婚。

孟家庄有一个无赖，平时喜欢拈花惹草，无所事事，见孟姜女长得如花似玉，就起了歹心，多次上门求亲想抱得美人归，但是孟老汉坚辞不允，几次下来，他便怀恨在心，伺机报复。

听说了孟姜女即将成婚的消息，这个无赖气更是不打一处来，急忙派人打听事情的原委。得知范喜良是逃避劳役才到孟家庄的消息，便偷偷地到官府去告了密，并亲自带着大队的官兵前来抓人。

孟姜女石雕

这时的孟家还蒙在鼓里呢，两位新人刚刚新婚3天，仍沉浸在新婚喜悦之中，忽然"哗啦啦"一声，大门被撞开了，一群官兵冲了进来，不由分说便把范喜良绳捆索绑，要把人带走。孟姜女急忙扑上去，却被官兵一把推开，眼睁睁地看着自己的夫君被官兵带走。

从此以后，孟姜女日夜思念自己

的夫君，茶不思，饭不想，每天忧伤不已。孟家老汉看着日益憔悴的女儿，心疼地偷偷抹眼泪。

转眼间，冬天到了，刺骨的寒风呼呼作响，接着大雪纷纷，一时天寒地冻。

一天夜里，孟姜女梦见范喜良身穿单薄的衣衫，在寒风中冻得瑟瑟发抖，满眼乞求地望着孟姜女。醒来之后，望着皑皑白雪，想着自己的丈夫修长城，天寒地冻，无衣御寒，便日夜赶着缝制了一件棉衣。孟姜女做好了棉衣，天刚蒙蒙亮就告别了父母，千里迢迢踏上了为夫送棉衣的路程。

孟姜女一路上跋山涉水，风餐露宿，不知饥渴、劳累，只知昼夜不停地往前赶，心想着和夫君团圆。

这一天，孟姜女终于来到了长城脚下。她看到民夫数以万计，可就是望不见自己的夫君。她逢人便打听，有个好心的民夫告诉她，说范喜良早就因为过度劳累而去世了，被埋在长城里筑了墙。

孟姜女一听，心如刀绞，便求好心的民夫引路来到范喜良被埋葬

民间相传

民间传说与文化内涵

望夫石

■ 孟姜女问路石

的长城下。她坐在城下，悲愤交加。想到自己千里寻夫送寒衣，尽历千难万险，到头来连丈夫的尸骨都找不到，柔肠寸断，放声悲哭。

孟姜女对着城墙昼夜痛哭，不饮不食，如啼血杜鹃，望月子规。这一哭感天动地，白云为之停步，百鸟为之噤声。哭了十天十夜，忽听"轰隆隆"一阵山响，一时间地动山摇，飞沙走石，长城崩倒了800里，这才露出范喜良的尸骨。

这事惊动了秦始皇。秦始皇大怒，下令把孟姜女抓来。秦始皇一见她生的貌美如花，便欲纳她为正宫娘娘。

孟姜女怒视着秦始皇，说："要我做你的娘娘，得先依我三件事：一要造长桥一座，十里长，十里阔；二要十里方山造坟墩；三要万岁披麻戴孝到我丈夫坟前亲自祭奠。"秦始皇想了想便答应了。

秦始皇（前259年—前210年），姓嬴名政，也称赵政。生于赵国首都邯郸。秦国国君，秦王朝的建立者。著名的政治家、改革家、军事统帅。他是我国历史上一位极富传奇色彩的划时代的人物。他统一了古代我国，结束了当时四分五裂的局面，被后人称为"千古一帝"。

■ 孟姜女哭长城处

没过几天，长桥坟墩已全都造好，秦始皇身穿麻衣，排驾起行，过长城上长桥，过了长桥来到坟前祭奠。祭毕，便要孟姜女随他回宫。孟姜女冷笑道："你昏庸残暴，害尽天下黎民，如今又害死我夫，我岂能做你的娘娘，妄想！"

说完，孟姜女便怀抱丈夫的遗骨，跳入了波涛汹涌的大海。一时间，浪潮滚滚，排空击岸，好像在为孟姜女悲叹。

孟姜女的故事来自《左传·襄公二十三年》中的齐国武将杞梁的妻子，无名无姓，史称为杞梁妻，书中记载：

齐侯归，遇杞梁之妻于郊，使吊之。辞曰："殖之有罪，何辱命焉？若免于罪，犹有先人之敝庐在，下妾不得与郊吊。"齐侯吊诸其室。

《礼记》是我国古代的一部重要的典章制度书籍，儒家经典之一。《礼记》内容是西汉戴圣对秦汉以前各种礼仪著作加以辑录编纂而成的，共49篇，由西汉礼学家戴德的侄子戴圣编著，从解说经文的著作逐渐成为经典，到唐代被列为"九经"之一，全书共有1250个小故事，在宋代被列入"十三经"之中。

就是说，杞梁之妻要求齐侯在宗室正式吊唁杞梁。其中既没有哭，也没有长城或者城墙，更无城崩、投水等情节。

"哭"的情节早在《礼记·檀弓》记曾子提到"杞梁死焉，其妻迎其柩于路，而哭之哀"。刘向的《说苑·善说篇》加上"崩城"的内容，接着刘向在

《列女传》中又加上"投淄水"的情节。

一些诗词也有对杞梁妻的描述。三国时曹植在《黄初六年令》中说"杞妻哭梁，山为之崩"。敦煌石窟发现的隋唐乐府中有"送衣之曲"，增加了送寒衣的内容。

唐代贯休的诗作《杞梁妻》首次将故事时间移动到秦代，并将"崩城"变成"崩长城"：

> 秦之无道兮四海枯，筑长城兮遮北胡。筑人筑土一万里，杞梁贞妇啼呜呜。上无父兮中无夫，下无子兮孤复孤。一号城崩塞色苦，再号杞梁骨出土。疲魂饥魄相逐归，陌上少年莫相非。

这时的内容和后来的传说故事已经差不多了。杞

曹植（192年—232年），字子建，沛国谯人，生前曾为陈王，去世后谥号"思"，因此又称陈思王。曹植是三国时期曹魏著名文学家，建安文学的代表人物。其代表作有《洛神赋》《白马篇》《七哀诗》等。后人因其文学上的造诣而将他与曹操、曹丕合称为"三曹"。

■ 孟姜女庙

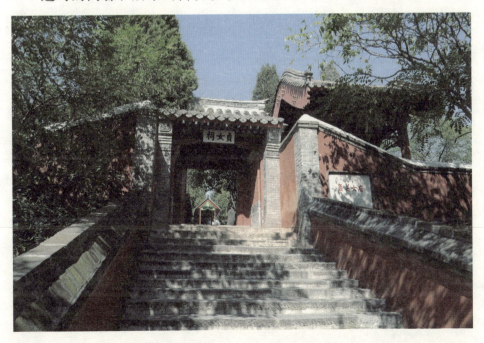

梁后来讹化成万喜良或范喜良，其妻成为孟姜女。

从元代开始，孟姜女的故事就被搬上舞台，成为众所周知的一大民间传说。

随着孟姜女故事的流传，各地兴起了建庙热。孟姜女最早的庙建于北宋时期，河北徐水和陕西铜川都发现北宋大中祥符年间和清代嘉庆年间重修姜女庙的碑刻。

孟姜女的故事不仅流传的时间漫长，受其影响的地域也十分广泛。不同的地方根据当地的民俗和民众的不同兴趣取向，对这个故事进行了各种改造，使孟姜女的传说具有了鲜明的地域色彩。

许多方志都把孟姜女说成是本地人，临淄、同官、安肃、山海关和潼关都有孟姜女的墓冢。清末上海拓建马路时，曾于老北门城脚掘出一石棺，中卧一石像，胸有"万杞梁"3字，是明嘉靖年间上海建城时所埋。

孟姜女和范喜良是古代劳动人民塑造出来的两个典型人物。南宋名臣文天祥曾经在孟姜女塑像旁书写楹联："秦皇安在哉，万里长城筑怨；姜女未亡也，千秋片石铭贞。"这当是中允之论。

阅读链接

在我国秦皇岛的山海关，一直都被后人认为是"孟姜女哭长城"之地，并在那里盖了孟姜女庙，南来北往的人们常在那儿凭吊。庙中有楹联这样说："秦皇安在哉，万里长城筑怨；姜女未亡也，千秋片石铭贞。"为南宋名臣文天祥遗迹。

庙东南4千米处两块露出海面的礁石，据说是孟姜女的坟与碑，庙后巨石上的小坑，为孟姜女望夫所踏足迹。所以石上刻有"望夫石"3个大字。庙内殿门两侧还有一副非常有名的对联"海水朝朝朝朝朝朝朝落，浮云长长长长长长长消。""朝""长"两字按汉字不同读音能读出几种不同的意思。

孝行感天的董永配天仙

那是在我国的汉代时，在湖北孝感有一个闻名的孝子，姓董名永，他的家境非常贫困，父亲还身患重病，不久将撒手人寰。

父亲去世后，董永无钱办丧事，只好以身作价向地主借钱，埋葬父亲。丧事办完后，董永为了尽早还钱，就去地主家做工。在去地主家的半路上，董永遇到一位美貌的女子，要董永娶她为妻。

■ 董永七仙女剪纸

王莽（前45年—前23年），字巨君，我国历史上新朝的建立者，即新始祖，也称建兴帝或新帝，8年12月，王莽代汉建新，建元"始建国"，宣布推行新政，史称"王莽改制"。王莽共在位16年，卒年69岁，而新朝也成为我国历史上很短命的朝代之一。

董永想到自己家贫如洗，还欠地主的钱，死活不答应。谁知那女子左拦右阻，说她不爱钱财，只爱他人品好。董永无奈，只好带她去地主家帮忙。

那女子心灵手巧，织布如飞。她昼夜不停地干活，仅用了一个月的时间，就织了300尺的细绢，帮助董永还清了地主的债务。在他们回家的路上，走到一棵槐树下时，那女子便辞别了董永。

正所谓"百行孝为先"，董永作为一个普普通通的农民，他的事父至孝的故事，被人们当作典范。而在流传过程中，董永的故事也随之发生了明显的变化，渐渐由孝子故事演变为爱情故事，在民间广泛流传，逐步趋于完善。这个民间故事的演变，反映了人们丰富的思想感情。

相传，董永的父亲为董秀，会打铁铸造、木工制作，住在武陟大董村。后来大董村被沁河冲毁后，就

■ 黄梅戏《天仙配》剧照

迁到小董村。在董永很小的时候，董永的母亲不愿受恶人欺压自尽而死。

董秀只好挑着一根扁担，担着董永和行李，逃难到山西高平，以打铁为生。董秀手艺好，为人忠厚，很受当地人欢迎。

在高平住了几年，董秀还给董永找了后娘，母子感情也亲如骨肉，后来一家人搬到长安居住。西汉末年，王莽继位，长安动荡不

天仙配木雕

安，董秀又生了病，于是就萌生了归意，携带妻儿回到武陟小董村，一年以后病故。

当时董永才12岁，心里非常悲痛。村里人见他们家太穷，愿意出力帮他把父亲埋了。董永非常孝顺，说父亲当了一辈子木匠、铁匠，死了连口棺材都没有，做儿子的宁可自己当推磨工，也要给父亲买棺木下葬，奉养继母。

从小董村往东有个付村，村里有个财主，人称付员外，在小董集镇上有商号。经商号老板说合，付员外买棺材帮董永埋葬了父亲，董永便到付家终身为奴，当推磨工。

从此，每天天不亮，董永就起身往付村做工，晚上提着饭罐回家照顾继母，时间久了，在田间走出一条小路。

种田人虽爱惜土地，但因为董永行孝，很受感动，就把董永走的小路保留了下来。就连小路上的小草也被感动了，早上向东倒，晚上向西倒，不绊董永的脚。

董永的故事越传越远，感动了朝廷，感动了上天，也感动了王母

■ 董永墓

戏曲 指我国传统
的戏剧。戏曲的
内涵包括唱念做
打，从全国360多
个戏曲剧种中脱
颖而出的京剧、
豫剧、越剧，综
合了对白、音
乐、歌唱、舞
蹈、武术和杂
技，以及艺术表
演等多种表演方
式，被官方和戏
迷友人们誉为我
国戏曲三鼎甲。

娘娘的一个女儿七仙女。七仙女在下凡村的落仙台处下凡后，便在董永回家的路上与他在槐荫寺的一棵大槐树下相遇，七仙女说无家可归，要与董永成亲。

董永说自己卖身为奴，娶不起媳妇，不敢相攀。但七仙女说愿意跟他受贫寒，便以槐树为媒，土地为证。董永不信，除非土地爷现身作证，老槐树开口说话。

于是老槐树开口说他们是前生姻缘，给他俩当媒人，董永和七仙女便在槐树下成亲。

听说七仙女要为董永赎身，付员外百般刁难，给她乱丝，让她在3日之内织出黄绫百匹。

七仙女大显神通，一夜之间织好了100匹花团锦簇的黄绫，3天就织出300匹。从此，换得了董永的自由，过起了男耕女织的幸福日子。

没过多久，玉帝发现七仙女下凡，就差天兵天将把她追回天庭，如有违命，就将董永碎尸万段。

七仙女不忍丈夫无辜受害，只得将自己的来历向董永说明，并在槐荫树上刻下"天上人间心一条"的誓言，怀着依依不舍的心情，返回天庭。

这个故事承载了人们太多无法实现的人生梦想，所以魅力无穷，长盛不衰，一直都是那么深入人心。

虽然《董永与七仙女》故事传说的原生结构并没有改变，但故事情节、人物形象甚至思想内涵都在不断地丰富和创新。

孝感地区流传的董永与七仙女的传说，在孝感深深扎根，发育成熟，堪称优秀的民间口头语言艺术作品。通过说唱、戏曲等多种样式的艺术创造走向全国，产生了广泛而深远的影响。它既是我国孝文化的集中体现，又是神奇幻想同人间现实巧妙融合的优美艺术作品，蕴含着我国各个历史时期的社会经济、政治、文化等方面的信息，具有珍贵的历史研究价值。

董永与七仙女的故事传说，千百年来深受人民群众喜爱，可谓家喻户晓，是中华民族广为流传的著名民间传说之一，在国外也有一定影响。它不仅体现了孝行这一传统美德，也反映了人们对爱情的渴望，对婚姻自由的追求。这个美丽的传说将流传千秋万代。

阅读链接

明代人所编的一部载录宋元旧话本的小说集《清平山堂话本》中，保存着一篇完整的话本小说《董永遇仙传》。

《董永遇仙传》中说，董永的儿子董仲舒为了寻母，道士严君平指点道："难得这般孝心。我与你说，可到七月七日，你母亲同众仙女下凡太白山中采药，那第七位穿黄的便是。"董永所遇的仙女第一次成了"七仙女"。从此之后，明清以来的各种地方戏中，董永所遇的仙女都叫七仙女了。

梁山伯与祝英台化蝶双飞

相传东晋时期，浙江上虞有一个民风淳朴的小村庄，名叫祝家庄。祝家庄有一个姑娘叫祝英台，她生得聪明又美丽，不但会绣花剪凤，还喜欢写字读书。祝英台长到15岁的时候，就一心想到外地的私塾里去读书。于是，她就假扮成男子，丫鬟扮作书童挑着书箱，离开家求学去了。

在赶路的途中，祝英台和丫鬟二人感觉有些累了，就来到路旁小亭子里休息。这时，路上走来一个书生和一个书童，也到亭子里来歇脚。他们互相问候，祝英台才知道这位书生叫梁山伯，也是到学馆求学的。

祝英台和梁山伯谈得十分投

梁祝艺术木雕

机，大有相见恨晚之意。于是，两个人在亭子里结拜
成兄弟，梁山伯比祝英台大两岁，于是祝英台称梁山
伯为兄，梁山伯称祝英台为弟，随后几个人便高高兴
兴地一同上路了。

《梁祝》剧照

祝英台和梁山伯来到学馆，拜见了老师。老师见
到这两位聪明英俊的少年来求学，很是高兴，把他俩
安排在同一张课桌上学习。

一开始，老师和同学没有发现祝英台是女儿身。
可是祝英台女扮男装的事，早被细心的师娘看出来
了。师娘把祝英台叫到跟前，说破了真相，祝英台要
求师娘保守秘密，师娘答应了，并对这个聪明的女孩
子更加细心关照了。而祝英台有什么难处和心事，也
都来对师娘讲。

时间飞逝，一晃3年过去了。一天，祝英台接到
家信，说她父亲病了，要她赶紧回去。祝英台向老师

私塾 是我国古代
社会一种开设于
家庭、宗族或乡
村内部的民间儿
童教育机构。它
是旧时私人所办
的学校，以儒家
思想为中心，它
是私学的重要组
成部分。在我国
2000多年的历史
进程中，对于传
播祖国文化，促
进教育事业的发
展，培养启蒙儿
童，使学童在读
书识理方面，起
过重要的作用。

十八相送

请了假，又来找师娘，说她和梁山伯同学3年，梁山伯为人诚恳热情，学习勤奋，她已经深深地爱上了他。她把一个玉扇坠儿交给师娘，托师娘做媒，等她走后，为她向梁山伯提亲。

祝英台将启程回家的时候，梁山伯一定要亲自送她。他二人一路上相依相随，总是不愿意分手。祝英台要向梁山伯表露自己的爱情，又不好意思直说，就只好打许多比方来启发梁山伯。

他们二人走到河边，看到河里有一对鹅，祝英台就唱道：

前面来到一条河，河里游着一对鹅，公鹅就在前面游，母鹅后面叫哥哥。

老实厚道的梁山伯没有听懂她的意思，祝英台只好无奈地继续往前走。途中祝英台又唱了好几首比喻男女爱情的歌，但是梁山伯还是没有明白。祝英台开玩笑地说："你真是一只呆头鹅！"

祝英台又指着池塘里的一对鸳鸯唱道：

青青荷叶清水塘，鸳鸯成对又成双，英台若是红妆女，梁兄啊，你愿不愿意"配鸳鸯"？

梁山伯叹了一口气说："可惜你不是女红妆啊！"祝英台见梁山

民间传说与文化内涵

伯还是不明白，便说："我家有个九妹，我和她是双胞胎，长得和我一模一样，我愿做媒，让九妹和你结为夫妻，你愿意吗？"

梁山伯本来就很爱祝英台的才貌，一听说九妹和她生得一模一样，就高兴地答应了。

梁山伯和祝英台两人相送了十八里，来到江边，才恋恋不舍地分了手。临别的时候，祝英台和梁山伯约定在七月七日到祝家相亲。梁山伯望着江对岸祝英台的身影越来越远，渐渐地看不见了。

等祝英台千里迢迢回到家里，父亲的病早就好了，他让祝英台换成女孩子的装束，不让她再外出读书了。这时，恰巧有一家姓马的大财主来求亲，父亲就把祝英台许配给马家的儿子。

祝英台知道后，坚决不答应这门亲事，她对父亲说自己已爱上了梁山伯，并且托了师娘做媒。可是父亲反对说："从来儿女的婚姻都是由父母做主的，女孩子自己在外面找男人，像什么话？"不由分说，硬要祝英台嫁给马家的公子。

梁山伯自从那天送别祝英台后，回到学馆，继续用心读书，竟把七月七日去祝家提亲的事忘得一干二净。

提亲 男女双方到了谈婚论嫁之时，男方家长须请媒人向女方家长提亲。若得许可，问明对方生肖八字，如生肖相克则认为不能成婚。八字，即一个人出生的年、月、日、时，天干地支相配之称。双方比较讲究经济条件、社会地位，正所谓"门当户对"。

浪漫佳话

爱情传说

■ 梁祝草桥结拜

员外 员外郎，简称外郎或员外，通称副郎。南北朝时简称员外散骑侍郎为员外郎，是较高贵的近侍官。隋代始于六部郎中之下设员外郎，以为郎中之助理，由此延至清代不变。明代以后员外郎成为一种闲职，不再与科举相关，可以用钱买这个官职。

直到师娘拿着玉扇坠儿来，说明祝英台托她提亲的事，梁山伯才恍然大悟，知道了祝英台原来是个女的，她说的九妹就是她自己！梁山伯立刻向老师请了假，赶到祝家去和祝英台会面。

梁山伯来到祝英台家里，看见祝英台完全恢复了女子打扮，显得更加美丽可爱。他说出师娘为他们提亲的事，哪知祝英台一听这话就大哭起来，她说："梁兄啊，你为什么这么晚才来呀？我父亲已经硬逼我，把我许配给马家了！"

梁山伯一听，两人就抱头痛哭起来，他们发誓，无论谁也不能破坏他们之间深厚的爱情，两个人要永远在一起。

他们的哭声被祝英台的父亲听见了，祝员外怒气冲天地跑上楼来，把梁山伯赶出家门，将祝英台严加看管起来。

梁山伯回到家里，因为想念祝英台，茶不思饭不想，很快就病倒了，病情越来越重，不久就离开了人间。临终之前，他告诉家里的人，他死后要把他埋在从祝家通往马家去的路边。

很快，马家迎亲的日子就到了，花轿抬到了祝家的门口，吹吹打打好热闹。可是祝英台却哭哭啼啼，怎么也不愿意上轿。在她父亲的命令之下，硬把祝英台

■ 梁祝化蝶

推进轿子抬走了。

花轿抬到半路上，忽然刮来了一阵大风，吹得抬轿人走不动了。这时丫鬟告诉祝英台，前面就是梁山伯的坟墓。祝英台不顾别人的阻拦，走出轿来，一定要到梁山伯的墓前去祭悼。

祝英台来到梁山伯的墓前，放声大哭，痛不欲生，全身扑到坟上，哭拜亡灵，结果因过度悲伤痛心而死。祝英台去世后，就葬在梁山伯的墓地东侧。

人们无不为梁山伯和祝英台的真挚爱情所感动，就将他们的故事口口相传。而在传播的过程中，故事情节又发生了很大的变化。

传说，当祝英台来到梁山伯的墓前放声大哭的时候，霎时间，天地间电闪雷鸣，风雨大作，坟墓忽然裂开一条大缝，祝英台喊着梁山伯的名字，一下子就跳进坟里去了。

没过多久，雨停了，云开了，天空出现了一道彩虹。只见一对美丽的蝴蝶从坟头上飞起来，飞向了自由的天空，所经之处，花儿漫天开放。人们都说，这对蝴蝶就是梁山伯和祝英台变化而成的。

"梁祝"的传说已经耳熟能详，不仅版本很多，而且流传到国外。五代十国至宋代时期，唐代著名诗人浙江余杭人罗邺的七律诗《蛱蝶》，已被高丽王国时的人辑入了《十抄诗》，其中有"俗说义妻衣化状"的诗句，指的就是梁祝的故事，并且衣化为蝶。

到宋代，高丽人编辑的《夹注名贤十抄诗》，不但收入了罗邺的《蛱蝶》诗，而且在注释中加上了一段《梁山伯祝英台传》。这不仅是目前看到的最早流传到国外的梁祝故事，而且从"女扮男装"到衣裳"片片化为蝴蝶子"，都比较全面地叙述了梁祝的传奇故事。可见，梁祝文化早已走向世界，历史久远。

梁祝故事在民间流传已有1000多年，可谓家喻户晓，流传深远，是我国最具魅力的口头传承艺术，也是唯一在世界上产生广泛影响的我国汉族民间传说。它是民间文化的积淀，代表了人民大众的心声，反映了古代人们对美好生活的向往，对婚姻自由的追求。从古到今，有无数人被梁山伯与祝英台的悲惨爱情所感染。

阅读链接

关于梁山伯和祝英台，还有一种传说。在晋代，梁山伯与祝英台同窗3年，却未能看出祝英台是女儿身，后来祝英台被许配马家。梁山伯求婚不成，一病不起，临死前，要求家人把自己葬在祝英台婚轿经过的路边，让自己看到祝英台出嫁。祝英台得知后，身穿孝服出嫁，轿子经过梁山伯坟时，下轿拜祭撞死在柳树前。

宁波传说：梁山伯是晋代鄞州县令，是个清廉的好官，由于得罪了权贵，被残害致死，老百姓为他修了一座大墓。而祝英台是明代来自上虞的侠女，劫富济贫，后来被权贵杀害。当地老百姓为了纪念他们，就把两个人合葬在了一起。

聪慧善良的歌仙刘三姐

那是在我国唐代时，广西柳江流域有一个优秀的民歌手，她叫刘三姐。她有着出口成歌的本领，人也天生丽质，什么活儿都不用学，一看就会。

刘三姐17岁那年，在对歌的时候认识了一位男青年，这位英俊的小伙子，也是一个唱歌能手，在对歌当中，两人情投意合，互相爱慕，于是就私定终身。

村里的一个恶霸对刘三姐垂涎多时，见刘三姐与小伙子情投意合，大发雷霆，决意把刘三姐抢到手。

一天晚上，刘三姐正和小伙子坐在柳河边的岩石上看月亮，倾诉衷肠。忽然火把晃动，人声鼎沸，原来

刘三姐蜡像

民间传说与文化内涵

■ 刘三姐对歌台

纺纱 属于一项非
常古老的活动,
自史前时代起,
人类便懂得将一
些较短的纤维纺
成长纱,然后再
将其织成布。所
谓的纺纱,就是
取动物或植物性
纤维运用加捻的
方式使其抱合成
为一连续性无限
延伸的纱线,以便
于织造使用。

是恶霸来抢人了。刘三姐和小伙子望望无路可走的山,又望望柳河,两人手拉着手双双跳进柳河滚滚的波涛里。

人们怀念刘三姐这个民间歌手,也为他们的爱情所感动,于是,关于刘三姐的传说故事就在广西各族人民中间流传开来。

相传,壮族姑娘刘三姐,自幼父母双亡,靠哥刘二抚养,二人以打柴、捕鱼为生,相依为命。刘三姐不但勤劳聪明,纺纱织布是众人夸赞的巧手,而且容貌绝伦。尤其擅长唱山歌,故远近歌手经常聚集其村,争相与她对歌、学歌。

刘三姐常用山歌唱出穷人的心声和不平,故而触犯了土豪劣绅的利益。当地财主莫怀仁贪其美貌,欲占为妾,遭到她的拒绝和奚落,便怀恨在心。

莫怀仁企图禁歌,又被刘三姐用山歌驳得理屈词穷，他又请来3个秀才与刘三姐对歌，又被刘三姐等弄得大败而归。莫怀仁恼羞成怒，不惜耗费家财去勾结官府，咬牙切齿欲把刘三姐置于死地。

为了免遭毒手，刘三姐和哥哥在众乡亲的帮助下逃到柳州，在小龙潭村边的立鱼峰东麓小岩洞居住。

哥哥刘二怕刘三姐唱歌再招惹是非，便想方设法来阻止。一天，他从河边捡回一块又圆又厚的鹅卵石丢给刘三姐，说："三妹，用你的手帕角在石头中间钻个洞，把手帕穿过去，若穿不过去就不准你出去唱歌。"

哥哥刘二心想：管你是凡人也好，神仙也好，为兄一言既出，驷马难追！这一招够绝了，我就不信还难不倒你！

刘三姐看着哥哥，不敢据理力争，就拾起了丢在面前的石头，心中暗想：我又不是神仙，手帕角怎能穿得过去？她下意识地试穿，并唱道："哥发癫，拿块石头给妹穿；软布穿石怎得过？除非凡妹变神仙！"

谁料刘三姐凄切婉转的歌声直上霄汉，传到了天宫七仙女的耳里。七仙女非常受感动，恐刘三姐从此歌断失传，于是施展仙术，从发上取下一根头发簪向刘三姐手中的石块射去，不偏不倚，把石头穿

发簪 用来固定和装饰头发的首饰。古代发簪形式繁多，仅从质料上看，就有骨、石、陶、蚌、荆、竹、木、玉、铜、金、象牙、牛角及玳瑁等多种。发簪有各种各样的形状，还爱用花鸟鱼虫、飞禽走兽作簪首形状。常见的花种有梅花、莲花、菊花、桃花、牡丹花和芙蓉花等。

浪漫佳话
爱情传说

■ 刘三姐雕塑

劉三姐

了一个圆圆的洞。

刘三姐无意中见手帕穿过石头，心中暗喜，张开甜润的嗓子："哎……穿呀穿，柔能克刚好心欢，歌似滔滔柳江水，源远流长永不断！"从此，刘三姐的歌声又响在立鱼峰的山顶、树梢，慕名来学歌的，对歌的人更多了。

后来，刘三姐在柳州的踪迹被莫怀仁侦知。他又用重金买通官府，派出众多官兵将立鱼峰团团围住，来势汹汹，要捉杀刘三姐。

小龙潭村及附近的乡亲闻讯，手执锄头棍棒纷纷赶来，为救刘三姐而与官兵搏斗。刘三姐不忍心乡亲流血和受牵连，毅然从山上跳入小龙潭中。

正当刘三姐纵身一跳的时候，顿时狂风大作，天昏地暗。随着一道红光，一条金色的大鲤鱼从小龙潭中冲出，把刘三姐驮住，飞上云霄。刘三姐就这样骑着鱼上天，到天宫成了歌仙。

刘三姐是壮族的民间传说人物。其传说最早见于南宋王象之的地理学名著《舆地纪胜》卷98《三妹山》。明清以来，有关她的传说与歌谣文献记载很多。壮族民间口耳相传的故事与歌谣更为丰富。

明末清初著名诗人屈大均在《广东新语·刘三妹》中记载：

新兴女子有刘三妹者，相传为始造歌之人。唐中宗年间，年十二，淹通经史，善为歌……今称"歌仙"。

关于刘三姐原型身世，说法颇多。据广西县志记载：刘三姐原出生在天河县下里的蓝靛村，那里还有她故居的遗址，蓝靛村刘姓的族谱还有记载。蓝靛村离罗城的县城很近，刘三姐常到罗城唱山歌。

后来人们为了纪念刘三姐，把三月三日定为"歌仙节"，这是壮族地区最大的歌圩日。歌节期间，岭南壮乡四海宾朋云集，歌如海，人如潮。那不绝于耳的嘹亮歌声，寄托着人们对歌仙刘三姐的思念和对丰收、对爱情、对幸福美好生活的憧憬和向往。

刘三姐不仅被壮族人民称为自己民族的歌仙，还被广西其他少数民族称为歌仙。她能歌善唱，常以山歌赞美大自然，歌颂劳动，表达劳动人民的意志和愿望，所以她赢得了广大壮族劳动人民的爱戴。

阅读链接

广西宜山壮族传说，刘三姐生于唐中宗神龙年间，壮族农家女，年幼聪颖过人，12岁即出口成章，妙语连珠，以歌代言，名扬壮乡，被视为"神女"。后曾到附近各地传歌。慕名前来与她对歌的人络绎不绝，但短则一日，长则三五天，个个张口结舌，无歌相对，无言以答，羞赧而退。

刘三姐的才华却遭到流氓恶霸的嫉恨，后被害于柳州。传说她后来骑鲤鱼上天成了仙。也有的说她在贵县的西山与白鹤少年对歌七日化而为石。还有的说她为了躲避财主莫怀仁，乘船飘然而去。

白蛇为报恩修炼嫁许仙

那是在五代十国时期，吴越国国君信奉佛教，在不到百年的时间内，就在杭州境内兴建了150多座寺院与数十座塔幢，一时间僧侣众多。其中，建于西湖南岸夕照山的雷峰之上的雷峰塔，是香火最为鼎

戏剧《白蛇传》

盛的一座寺庙，也是后来"西湖十景"中"雷峰夕照"的所在地，风景异常优美。

后来，吴越国降宋之后，市井乡野的说书艺人就在雷峰塔的基础上，充分发挥自己的想象，一步步地衍化出了一个传奇的故事。

■ 天津白蛇传泥人

据说，八仙之一的吕洞宾，有一年在西湖的断桥边卖汤圆，当时还是幼年的许仙买了一粒汤圆，吞下后三天三夜不想吃东西，不得已只好跑去找吕洞宾。

吕洞宾把年幼的许仙抱上断桥，抓住他的双脚倒拎起来，小汤圆就滚下西湖去了。正巧被在断桥下边修炼的一条白蛇接在嘴里。原来白蛇吞的是吕洞宾的仙丸，于是增添了500年修功，就此也与许仙结下了缘。白蛇给自己起了个名字，叫白素贞。

白素贞悄悄地降落到西湖苏堤。她顺着苏堤走去。走到映波桥边，看见有个老叫花子，手里拎着一条小青蛇。白素贞觉得可怜，就从老叫花子的手里买下了青蛇。后来，青蛇为了感激白素贞的救命之恩，就和白素贞在西湖住了下来，给自己取名叫小青。

这年的清明时分，白素贞和小青正在西湖边上欣赏春光，突然下起了倾盆大雨，两人被淋得无处藏身。正发愁时，忽觉得头顶多了一把伞，转身一看，

说书　由最初盲人行乞、谋生的一种手段演变而来。旧社会，因出"天花"或其他原因致盲的孩子，为谋求生存，父母在他们刚刚懂事的时候，就送他们拜师学书演唱。学成后，就走村串乡说唱，混一碗饭吃。后来，随着社会的发展进步，说书逐渐登堂入室，成为一种人民大众喜爱的民间艺术。

莲座 本是天界讲经堂外灵池中的莲花，经过天界仙水的滋润而具有了灵性。因为终日听天神讲育真经，而悟得修仙之术，最终修炼成神，化为莲花宝座。天界灵池之水是其神力的源泉，一旦离开便失去大部分力量，因此它通常不离开灵池。民间传说中莲台宝座常作为天神的座驾出现在人们面前。

只见一位温文尔雅、白净秀气的年轻书生撑着伞在为她们遮雨。

白素贞和这个书生四目相交，心中欢喜，彼此产生了爱慕之情。白素贞得知这个书生就是当年那个有缘人，没过多久，两人便结为夫妻，在镇江开了一间"保和堂"药店，小日子过得幸福美满。

由于保和堂治好了很多疑难病症，而且给穷人看病配药分文不收，所以药店的生意越来越红火，远近来找白素贞治病的人也越来越多。

那时，在西天有一只乌龟，每天都躲在如来佛莲座底下听经。趁如来佛讲经歇下来那一会儿，便偷了他的3样宝贝，金钵、袈裟和青龙禅杖，变成一个和尚并给自己取了个名字叫法海，跑到凡间来了。

一天，法海和尚来到镇江金山寺，暗地里使了个妖法，害死了当家老和尚，自己做起方丈来了。他嫌金山寺香火不旺盛，便在镇江城里散布瘟疫，想叫人

■《白蛇传》艺术画像

们到寺里烧香许愿。

但是，保和堂施的"辟瘟丹""驱疫散"很灵验，瘟疫传不开。法海和尚气得要命，就扮成化缘的头陀，寻到保和堂药店来。

法海和尚走到保和堂药店门前，邻近一打听，知道保和堂的灵丹妙药都是白娘子开的方。他再仔细往里张望，看那身穿着的白娘子，原来不是凡人，而是白蛇变的。

■ 白蛇法海斗法

正巧这时白素贞上楼了。于是，法海敲起木鱼，大模大样地进店来，朝许仙合起手掌，说："施主，你店里的生意好兴隆呀，给我化个缘吧。七月十五金山寺要做盂兰盆会，请你结个善缘，到时候来烧炷香，求菩萨保佑你多福多寿，四季平安。"

许仙听他讲得好，就给了他一串铜钱，在化缘簿上写下了自己的名字。法海和尚走出门口。

转眼七月十五就到了。许仙独自一人来到金山寺，他刚刚跨进山门，就被法海和尚一把拉到禅房里，强求许仙拜他为师，离开白娘子。

许仙心想，娘子对我的情义比海还深，如今有了身孕，我怎能丢下她出家做和尚呢！这样一想，他无论如何也不肯出家。法海和尚见许仙不答应，就把他

铜钱 春秋战国时期，随着商品经济的发展，流通中要分割和鉴定成色的金属称量货币逐步不适应，而被金属铸币所取代。我国历代古钱币大多数是以铜合金形式铸造的，方孔钱是古代钱币最常见的一种。

关了起来。

在保和堂里，白素贞正焦急地等待许仙回来，久久不见音讯，她心急如焚。后来终于打听到原来许仙被金山寺的法海和尚给留住了，白素贞赶紧带着小青来到金山寺，苦苦哀求，请法海放回许仙。

法海见了白素贞，冷笑道："大胆妖蛇，我劝你还是快点离开人间，否则别怪我不客气！"白素贞见法海拒不放人，无奈，只得拔下头上的金钗，迎风一摇，掀起滔滔大浪，向金山寺直逼过去。

法海眼见水漫金山寺，连忙脱下袈裟，变成一道长堤，拦在寺外。大水涨一尺，长堤就高一尺，大水涨一丈，长堤就高一丈。

白素贞有孕在身，实在斗不过法海，后来，法海使出欺诈的手法，将白素贞收进金钵，并在南屏净慈寺前的雷峰顶上造了一座雷峰塔，将金钵砌进塔中，

民间相传

民间传说与文化内涵

袈裟 意为"坏色""不正色""赤色""染色"。指缠缚于僧众身上之法衣，以其色不正而称名。先把布截成小片，而后缝缀，像一块块的田，故又名"福田衣""割截衣"，也称作"慈悲服""无上衣""离尘服""解脱服"等。

■ 杭州雷峰塔

把白蛇镇压在塔下，自己便在净慈寺里住下来看守。

《白蛇传》的故事早期因为以口头相传为主，因此派生出不同的版本与细节。有的版本有白蛇产子的情节，还有的版本有后来白蛇之子得中状元，祭塔救母的皆大欢喜的结局。但这个故事的基本要素，一般认为在南宋就已经具备了。

■ 金山寺正门

其实，《白蛇传》最早成型的故事记载于明代冯梦龙的《警世通言》第二十八卷《白娘子永镇雷峰塔》。清代初年剧作家黄图珌的《雷峰塔》，是最早整理创作的戏曲，他只写到白蛇被镇压在雷峰塔下，并没有产子祭塔就脱稿了。

清乾隆年间的1771年，戏曲家方成培改编了三十四出的《雷峰塔传奇》，共分4卷，第一卷从《初山》《收青》到《舟遇》《订盟》，第二卷是《端阳》《求草》，第三卷有《谒禅》《水门》，第四卷从《断桥》到《祭塔》收尾。

除了删除《描真》等无关紧要的戏份，方成培还将《药赋》中介绍的145种中药的剧情删去，又新增了《夜话》《端阳》《求草》《断桥》等戏，丰富了剧情，大为该戏增色。

清代中期以后，《白蛇传》成为常演的戏剧，当

钵 比丘六物，是三衣、钵、坐具和漉水囊之一，又称钵多罗、波多罗、钵和兰等。意为应器、应量器。就是指比丘所用的食具。其种类有铁钵、瓦钵之别。持钵行乞称为"托钵"。戒律中规定比丘不得储存多钵，护持钵当如爱护自己眼睛一般，应当常以澡豆洗净除去垢腻。

时演出《白蛇传》是京剧、昆曲杂糅的，但也有以昆曲为主的。由此可以看出，《白蛇传》中祭塔的情节产生的时代较晚。

白蛇传说极大地丰富了我国民间文艺的宝库。它故事离奇，人物生动丰满，其中的白娘子是我国艺术长廊中一个重要的典型形象。白蛇传说所反映的南宋以来不同时期的主要社会思想、信仰与价值观及民族深层心理，具有重要的历史价值。

对于白蛇传说的发生地杭州而言，白蛇与断桥、雷峰塔及西湖等自然文化景观形成了密不可分的关系，使杭州和西湖都具有了更为丰厚的文化内涵。每逢端午佳节，镇江有游览金山的习俗，参观白龙洞、法海洞，青年男女跪拜白娘娘，誓表永远恩爱。

后世的《白蛇传》故事，更体现了人们爱憎分明、善良质朴的美丑观，而人们也以此为原则，进行白蛇传故事的创作。从白蛇传故事中可以看到它的变异性，也可以从白蛇传故事中看到人们善良的心。

阅读链接

在《绣像义妖传》里，白娘子是由法海镇住关在雷峰塔里，许仙也因此而出家，20年后白氏之子许梦蛟高中状元，衣锦还乡祭母，于是白素贞难满出塔，全家团圆。此时的许仙还有一些人性。结局是大团圆。而田氏《白蛇传》里的结尾是小青修炼成为青蛇大仙，破塔救人。《西湖民间故事·白娘子》中反抗性更强，更爽，最后小青勤奋修炼，终于破塔救出白素贞，二人合力将法海这个多管闲事的臭和尚打得逃入了蟹壳里，成为了蟹壳和尚。

一时代有一时代的民间文学，由于历史的发展、时代的变迁、自然环境与社会环境的差异，都对《白蛇传》故事产生了不同程度的增补删减。而且更因为个人记忆的偏差、个体心理机制的差异，对《白蛇传》故事的创造产生了更多的变化。

风物传说

　　地方风物传说，是指关于某一地区风俗习惯、自然景观等的解释性传说。这类传说地域性十分明显，很多传说仅仅为某一地方所特有，但有些故事却广泛流传。

　　地方风物传说通过生动的故事情节，对于特定的人文物和自然物的来龙去脉给予说明解释。它经常运用奇妙的幻想、超自然的形象、神奇变化的手法，把风物介绍、故事、说明解释三种成分结合在一起，以叙述现实生活的方式进行创作。通过这些艺术加工，形成了独具地域特色的民间传说。

拯救藏族众生的格萨尔

那是在我国的南北朝时期，在雅砻河谷，藏族先民雅隆部落已由部落联盟发展成奴隶制政权，并将势力逐渐扩展到拉萨河流域。

629年，吐蕃赞普松赞干布迁都拉萨，削平内乱，在青藏高原上逐雄争霸，征服了许多小部落王国，并在大臣禄东赞协助下，正式建立奴隶制国家吐蕃王国，成为青藏高原上的强国之一。

格萨尔王传

松赞干布统一了吐蕃全境后，施展宏图大略，并通过发展生产，创立文字，制定法律，立官制、军制，使吐蕃社会和藏族人民进入了一个全新的时代。

■ 格萨尔王塑像

在这种背景下，藏族人民把自己钦佩敬仰的领袖，把他的超人智慧和力量，以及他的丰功伟绩的事迹传说，编成诗的形式，在民间口耳相传，形成了藏民族独有的英雄史诗《格萨尔王传》。

传说，在很久很久以前，藏族人民生活在一个十分美丽的地方，人们安居乐业，和睦相处，过着幸福美满的生活。

有一天，晴朗的天空突然变得阴暗，嫩绿的草原变得枯黄，善良的人们也变得邪恶起来，他们不再和睦相处，也不再相亲相爱。霎时间，刀兵四起，烽烟弥漫。

大慈大悲的观世音菩萨为了普度众生出苦海，向阿弥陀佛请求派天神之子下凡降魔。天神的儿子推巴噶瓦发愿到藏区做藏人的君王，他就是格萨尔王。

为了拯救藏族众生的痛苦和不幸，为了弘扬人间善业，格萨尔受天神驱遣，降在人间。他肩负的道德使命是：

松赞干布（617年—650年），吐蕃王朝第33任赞普，是实际上吐蕃王朝的立国之君。《新唐书》等汉文史籍中名为"弃宗弄赞""器宗弄赞""弃苏农赞"等。在位期间，从大唐和天竺引入佛教，从大唐引入科学技术以及历法，确立了吐蕃的政治、文化、军事、经济、法律等制度。

教化民众，使藏区脱离恶道，众生享
受太平安乐的生活。

教化 是一种政治、道德和教育三者有机结合的统治术。它把政教风化、教育感化、环境影响等有形和无形的手段综合运用起来，既有皇帝的宣谕，又有各级官员面命和行为引导，还有立功德碑、树牌坊、传播通俗读物等多种形式，向人们正面灌输道理，又注意结合日常活动，使人们在不知不觉中达事明理。

格萨尔是一位集神、龙、念三者之精英为一体的、神人相结合的大智大勇的英雄。格萨尔降临尘世后，他的一生并非一帆风顺。在他刚降临人间后，就多次遭到陷害，但由于他本身的力量和诸天神的保护，不仅未遭毒手，反而将害人的妖魔鬼怪杀死。

格萨尔从诞生之日起，就开始为民除害，造福百姓。在格萨尔未满5岁前，就对杂曲河和金沙江一带的无形体的鬼神做了许多降伏、规劝、收管等数不胜数的好事，让百姓安居乐业，过上幸福安宁的生活。

在格萨尔5岁时，阴险毒辣的叔父晁通对他和他的母亲进行迫害，父亲和岭国百姓也对他产生误解，最后被驱逐到最偏远、最贫穷的玛麦地方，生活贫

■ 格萨尔王牌楼

■ 马蹄寺格萨尔王
殿遗址

困，处境艰险。即使如此，他仍不气馁，始终牢记自己所肩负的道德使命，总是千方百计地为故乡的人们谋利益。

后来，格萨尔返回岭国参加赛马大会，他未来的岳父代表岭国百姓向他致祝辞，希望他成为一个专门镇压邪鬼恶魔的人和一个扬弃不善的国王。

格萨尔不负众望，当他赛马成功、登上岭国国王宝座后，立即向岭国百姓庄严宣称："我是雄狮大王格萨尔，我要抑暴扶弱除民苦；我是黑色恶魔的死对头，我是黄色霍尔的制服者；我要革除不善之国王，我要镇压残暴和强梁！"

格萨尔知道光靠决心不用武力是解决不了问题的，因此他说："那危害百姓的黑色妖魔，若不用武力去讨伐，则无幸福与和平。"

格萨尔一生先后用武力降服了鲁赞、白帐王、萨

天神 指天上诸神，包括主宰宇宙之神及主司日月、星辰、风雨、生命等神。佛教认为，天神的地位并非至高无上，但可比人享有更高的福祉。天神也会死，临死前会出现衣服垢腻、头上花萎、身体脏臭、腋下出汗和不乐本座五种症状。

■ 格萨尔王雕像

史诗 叙述英雄传说或重大历史事件的叙事长诗。史诗是一种庄严的文学体裁，内容为民间传说或歌颂英雄功绩的长篇叙事诗，它涉及的主题可以包括历史事件、民族、宗教或传说。史诗有两种：一种是传统史诗，即英雄史诗，又称原始史诗或民间史诗；另一种是文学史诗，即文人史诗，又称非原始史诗。

当和辛赤四大魔王，征服了数十个魔国与敌国，用他那非凡的神威和超人的智慧，消灭、制伏和收降了数不胜数的妖魔鬼怪，忠实地实践了他曾经立下的"降伏妖魔、造福百姓，抑强扶弱、除暴安良"的道德誓言。

当功成名就，一切都如愿以偿时，格萨尔就辞别人间，返归天界。他就是这样，用他坚定的道德信念和切实的道德实践，保卫了岭国的国土，给岭国人民带来了幸福和安宁。

格萨尔理所当然地受到了"雪域之邦"的"黑发藏民"们的爱戴和热烈拥护，成为藏区人民心目中光辉夺目、光彩照人的理想人格典范，被人们敬称为"制伏强暴者的铁锤，拯救弱小者的父母"。甚至连魔国的百姓也因格萨尔替他们消灭了妖魔、除却了苦难而对他感恩戴德。

《格萨尔王传》史诗在产生之前，在藏族民间，就已经流传着格萨尔或类似格萨尔的英雄故事和歌谣。后来，经过僧人们的整理，把民间长期积累的丰富的歌谣和英雄故事整理、剪裁和布局，才形成了有完整的内容和严谨的结构，在藏族民间艺人中长期口耳相传的长篇英雄史诗。

格萨尔王的原型，取自吐蕃王朝特定历史阶段各个时期杰出人物的侧面。他是活跃在青藏高原，并与周围各国、各民族有紧密联系的天之骄子们的典型代表，是一个虚构的人物。

在民间流传将近一千年的时间里，《格萨尔王传》这部史诗不断被不同时代、不同观点的人们修改和增补。格萨尔王也逐渐在藏族人民心目中成为一位降妖伏魔、造福人民的民族英雄。

格萨尔王是真、善、美高度统一的艺术典型形象，是藏族人民世世代代不畏强暴、敢于斗争、敢于胜利、惩恶扬善、追求幸福美好生活、崇拜勇敢尚武刚性精神的集中代表。这部史诗也体现了人民要求和平统一、社会安定、众生幸福的美好愿望。

格萨尔王是古代高原社会生活的生动写照，是藏族人民集体智慧的结晶，也是藏族民间文化的杰出代表。

阅读链接

藏族民间认为，格萨尔王是藏传佛教祖师莲花生大师的化身。一生戎马，扬善抑恶，弘扬佛法，传播文化，成为藏族人民引以自豪的旷世英雄。他一生降妖伏魔，除暴安良，南征北战，统一了大小150多个部落，岭国领土始归一统。

史诗英雄格萨尔王生于1038年，逝于1119年。格萨尔王去世后，岭葱家族将都城森周达泽宗改为家庙，其显威逸事和赫赫功绩昭示后人不断。1790年，岭葱土司翁青曲加在今阿须的熊坝协苏雅给康多修建了"格萨尔王庙"。

孔雀公主与傣族王子

画布上的孔雀公主

唐代的时候，在遥远美丽的西双版纳，世代生活的傣族人，把本民族崇拜的孔雀演绎成了一个感人的孔雀公主的故事。傣族崇拜孔雀，认为孔雀是"百鸟之王"，是吉祥、善良、美丽、华贵的象征。

传说，在远古时代，奔流不息的澜沧江边盛开着101朵花，茫茫的大森林里有101个国家。在这101个国家中，最美丽、最富饶和治理得最好的是勐董板这个地方，也就是人人都向往的孔雀国。

孔雀国位于茫茫森林边缘，那里的山最绿，水最清，花最香，人也长得最漂亮，并且每个人都有一件孔雀羽衣，穿在身上便可以飞。在这个国度里，大人知书达理，小孩天真活泼，村村寨寨和睦相处，官家百姓都以善待人。

孔雀国的国王和王后是两位慈祥的老人，他们共同生育了7个女儿，被称为孔雀七公主。孔

■ 孔雀公主画像

雀七公主每隔7天，便要告别父母，飞到金湖里洗一次澡。她们每次飞到金湖里洗澡，都十分快乐，总想多玩一阵，但又担心父王母后挂念，不得不依依不舍地离去。

一天，她们照例来到金湖里，七姐妹玩得十分开心，差点儿忘了回家。当她们想起父母正在焦急等待，急忙游回岸边穿衣时，最小的妹妹孔雀七公主南穆娜的孔雀氅却不见了，她们找遍了周围的草地，也找不到。

原来，盗走孔雀氅的不是别人，而是勐板加国的王子召树屯。他英俊潇洒、聪明坚强，喜欢他的女孩子多得数也数不清，可他却还没找到自己的心上人。

一天，他忠实的猎人朋友对他说："明天，有7

澜沧江　湄公河上游在我国境内河段的名称，是我国西南地区的大河之一。澜沧江，发源于青海高原的唐古拉山，经西双版纳流出境外。在西双版纳的流程为158千米。古时傣族称"南兰章"，意为"百万大象繁衍的河流"。

民间相传

民间传说与文化内涵

舞台上的孔雀公主

位美丽的姑娘会飞到金湖来游泳，其中最聪明美丽的是七姑娘南穆娜，你只要把她的孔雀氅藏起来，她不能飞走了，就会留下来做你的妻子。"召树屯将信将疑，但第二天，他还是来到了金湖边等候孔雀公主的到来。

果然，从远方飞来了7只轻盈的孔雀，落到湖边，瞬间变成了7位美丽的姑娘。她们跳起了优雅柔美的舞蹈，尤其是七公主南穆娜，舞姿动人极了。召树屯一看，这就是自己一直在寻找的姑娘啊，于是立刻爱上了她。

在姑娘们找衣服的时候，召树屯照着猎人朋友的话，捧着七姑娘南穆娜的孔雀氅走了出来。他和南穆娜一见钟情，两人都用明亮的眼睛交流了相互爱慕之情。两颗纯洁的心碰在一起，两股甘甜的水流在一起。

于是，由大姐做主，同意将小妹南穆娜留在召树屯身边。召树屯和南穆娜立即双手合十，感谢6位姐姐成全了他们的爱情。6个姐姐又一次向小妹妹祝福后，挥泪告别，飞回孔雀国去了。

召树屯与孔雀公主的结婚大典刚结束，边境便来函说爆发了战争。为了保卫国家的安全和百姓的生命，召树屯和南穆娜商量了一个通宵，第二天他告别新婚的妻子，带着一支军队出征了。

在战争初期，天天都传来召树屯败阵退却的噩耗，眼看战火就要烧到自己的领土了，召树屯的父亲召勐海急得乱了阵脚。

就在这时，有个恶毒的巫师向他进谗言："南穆娜是妖怪变的，就是她带来了灾难和不幸，若不把她杀掉，战争一定会失败的！"勐板加国王召勐海头脑一热，就听信了他，决定把美丽的孔雀公主烧死。

南穆娜站在刑场上，泪流满面，她深深地爱着在远方征战的召树屯，却不得不离开他。最后她对召勐海说："请允许我再披上孔雀氅跳一次舞吧！"召勐海同意了。

南穆娜披上那五光十色、灿烂夺目的孔雀氅，又一次翩翩起舞。舞姿婀娜、轻盈、优雅，充满了和平，充满了对人世的爱，焕发出圣洁的光芒，令在场的所有人都深受感染。在悠扬的乐声中，南穆娜已渐渐化为孔雀，徐徐凌空远去了。

就在这时，前线传来了召树屯凯旋的消息。在欢迎大军得胜归来的载歌载舞的人群中，召树屯没有看见自己日夜思念的妻子；在祝贺胜利犒劳将士的庆功宴上，召树屯还是没有看见南穆娜的身影，他再也忍不住了，就问道："多亏了南穆娜想出的诱敌深入的办法才打败了敌人，可现在她到哪儿去了呢？"

国王召勐海一听，这才如梦初醒，却已悔之莫及。他把逼走南穆娜的前因后果告诉了召树屯。

面对突如其来的打击，召树屯只觉得天旋地转，昏倒在地。召树

一方美谈
风物传说

妖怪 通常存在于人类想象与传说之中，难以运用科学方法证明其真伪。有关妖怪的起源，已经无从稽考。被称为妖怪之列的，大多给人的印象都是鬼异邪祟，倾向做坏事为多的一类；有些则给予人神秘莫测，不知是敌是友的感觉。有些则是被当作神一样尊敬，令人崇拜。

■ 孔雀剪纸

云锦孔雀开屏

傣族　最早也被
称作摆夷族，是
我国少数民族之
一。散居于云南
的大部分地方。
傣族通常喜欢聚
居在大河流域、
坝区和热带地
区。傣族历史悠
久，与属壮侗语
族的壮族、侗
族、水族、布依
族、黎族、毛南
族、仡佬族等有
着密切的渊源关
系，都是"百
越""骆越"民族
的后裔。

屯苏醒过来后，一心只想要把南穆娜找回来。

召树屯找到猎人朋友，问了南穆娜的家乡，拿着猎人朋友送的3支具有魔力的黄金箭，怀着对南穆娜矢志不渝的爱，跨上战马，向孔雀公主的家乡奔去。

在途中，召树屯经过一个山谷。山谷口被两座大山封住了，召树屯用第一支黄金箭射开了一条出路，进入了山谷。他克服了重重困难，终于到达了孔雀公主的家乡。

孔雀国的国王因为觉得召树屯的族人对南穆娜不公平，决定考验一下召树屯是否有保护南穆娜的本领。国王让7个女儿头顶蜡烛，站到纱帐后面，让召树屯找出他的妻子，并用箭射灭烛火。

召树屯内心平静下来，凭着对南穆娜的思念，用第二支黄金箭射灭了南穆娜头顶的烛火。最后，终于得到了与孔雀公主重逢的那一刻。他们含着泪再次拥抱，发誓从此永不分离。

回到家里，召树屯问明父亲，知道原来是那个恶毒的巫师陷害南穆娜，就去找巫师报仇。

那巫师其实是一只秃鹰变的，听闻召树屯来找他，立刻化成原形飞上天空想逃跑。召树屯抽出最后一支黄金箭，正义之气随着箭像闪电一样，将万恶的巫师射死了。

从此，孔雀公主的故事在傣族人们中间广为流传。后来，人们还根据召树屯和南穆娜悲欢离合的爱情故事，编成了一篇长篇叙事诗《召树屯》，这首诗塑造了傣族人民自己的英雄形象，表达了傣族人民的理想和愿望，数百年来，一直在西双版纳地区的傣族传唱不衰。

傣族的人们崇拜孔雀，热爱孔雀，并把孔雀视为吉祥幸福的象征，而象征和平与幸福的孔雀公主的故事也在傣族中间广为流传，感染着一代又一代人们的心灵。

傣族青年画像

阅读链接

《召树屯》是一部傣族民间叙事长诗。《召树屯》源于傣族佛教典籍《贝叶经·召树屯》，是一部佛教世俗典籍故事。佛经故事文本为老傣文，其传播形式主要有两种类型，一种是由僧侣诵读的《贝叶经》散文体韵文，另一种是民间艺人"赞哈"的说唱手抄本。数百年来，这部叙事诗一直为傣族人民所传唱，历久不衰，在傣族地区流传过程中，形成许多异文。

西双版纳地区的傣族称《召树屯》为《召树屯与喃木诺娜》或《孔雀公主》，德宏傣族地区称为《嫡悦罕》。此外，还有异文《召洪罕与嫡拜芳》和《召西纳》等。

坚贞追求幸福的阿诗玛

　　那是在明代中后期，在广西府弥勒州石林圭山地区发生了一件事：彝族土司昂氏强娶圭山革泥村彝族女阿诗玛为妻，但阿诗玛坚决反抗土司强迫婚姻。这件事后来在云南圭山彝族人们当中传开了。在流传的过程当中，人们根据事情的真相，对故事进行了扩展，最终成为了阿诗玛不屈不挠地同强权势力做斗争的传说故事。

　　从前，在撒尼族有个叫阿着底的地方，住着贫苦的格路日明一家，夫妻耕种山地，住着草房。有一年，格路日明的妻子生下了一个女儿，阿爹阿妈希望女儿像金子一样发光，因此给她起名阿诗玛。

　　阿诗玛渐渐长得像一朵美丽的花朵。她不

■ 阿诗玛剪纸

仅能歌善舞，而且绣花、织麻样样是能手。

一天，阿诗玛出去放羊，在森林中遇到了迷路的撒尼族小伙子阿黑，她得知阿黑是个孤儿后，就把阿黑带回了家，并与阿黑成了兄妹。

渐渐地，阿黑长成了青年，他的性格正直坚强，成了周围撒尼族小伙子的榜样。人们唱歌夸赞他道：

■ 阿诗玛雕像

圭山的树木青松高，撒尼小伙子阿黑最好。

万丈青松不怕寒，勇敢的阿黑吃过虎胆。

阿黑十分勤劳，还会挽弓射箭，他的义父格路日明，把神箭传给了他，使他如虎添翼。他还喜欢唱歌，他的歌声特别嘹亮。他喜欢吹笛子和弹三弦。

这一年的火把节，阿诗玛与阿黑互相倾吐了爱慕之情以后，这对义兄妹便定了亲。

一天，阿诗玛前去赶街，被阿着底的财主热布巴拉的儿子阿支看中了，想娶阿诗玛做媳妇。阿支回家央求父亲热布巴拉，要父亲请媒人为他提亲。

热布巴拉早就听说过阿诗玛的美名，他马上答应

土司 我国古代官名，元朝始置，用于封授给西北、西南地区的少数民族部族首领，土司的职位可以世袭，但是袭官需要获得朝廷的批准。土司对朝廷承担一定的赋役，并按照朝廷的征发令提供军队；对内维持其作为部族首领的统治权利。

民间相传

民间传说与文化内涵

了儿子的请求，让有权有势的媒人海热，立即到阿诗玛家说亲。

海热到了阿诗玛家，不停地夸耀热布巴拉有多好，家境有多优越。可是，阿诗玛不管海热怎样利诱，就是不嫁。

转眼间，秋天到了，阿着底水冷草枯，羊儿吃不饱肚子，阿黑要赶着羊群到很远的滇南热带地方去放牧。临走时，阿黑向阿诗玛告别，他们互相勉励，互相嘱咐，依依惜别。阿黑走后，热布巴拉便起了歹心，派打手和家丁如狼似虎地抢走了阿诗玛。

阿诗玛忠于她与阿黑的爱情，无论财主捧出金银财宝来诱惑，还是威胁要把她赶出阿着底，阿诗玛始终不妥协。

热布巴拉见阿诗玛软硬不吃，恼羞成怒，他命令家丁用皮鞭狠狠地抽打阿诗玛，把她打得遍体鳞伤，然后把她关进黑牢。热布巴拉的老婆说阿诗玛是"生

■ 彝族婚礼

来的贱薄命，有福不会享"。

阿诗玛坚信，只要阿黑知道她被关在热布巴拉家，一定会来救她。

阿黑闻讯后，立刻跃马扬鞭，日夜兼程，跋山涉水，从远方赶回家来搭救阿诗玛。他来到热布巴拉家门口，阿支紧闭铁门不准进，提出要与阿黑对歌，唱赢了才准进门。

于是，两人对歌对了三天三夜。有才有智的阿黑，越唱越起劲，脸泛笑容，歌声响亮。阿支缺才少智，越唱越没词，越来越难听了。最后，阿黑终于唱赢了，阿支只得让他进了大门。

■ 彝族青年雕像

随后，阿支又提出种种刁难，要和阿黑赛砍树、接树、撒种。这些活计阿支哪有阿黑熟练，阿黑件件都胜过了阿支。

热布巴拉眼看难不住阿黑，便想出一条毒计，皮笑肉不笑地假意说："天已经不早了，你先好好睡一觉，明天再送你和阿诗玛一起走吧！"

阿黑答应住下，他被安排睡在一间没有门的房屋里。半夜，热布巴拉指使他的家丁放出3只老虎，企图伤害阿黑。阿黑早有准备，当老虎张开血盆大口向他扑来时，他拿出弓箭，对准老虎连射3箭，3只老虎都被射死了。

箭 又名矢，是一种借助于弓、弩，靠机械力发射的具有锋刃的远射兵器。因其弹射方法不同，分为弓箭、弩箭和摔箭。它的制作在春秋时期也有了较大的进步，逐渐抛弃了从商代到西周的传统的双翼扁体型，而改为三翼三棱锥体型。

民间相传

民间传说与文化内涵

弓 是抛射兵器中最古老的一种弹射武器。它由富有弹性的弓臂和柔韧的弓弦构成，当把拉弦张弓过程中积聚的力量在瞬间释放时，便可将扣在弓弦上的箭或弹丸射向远处的目标。弓箭作为远射兵器，在春秋战国时期应用相当普遍，被列为兵器之首。自人类出现战争到近代枪炮大量使用为止，弓的作用是任何武器无法替代的。

■ 彝族镶绣女衣裙

第二天，热布巴拉父子见了死虎，很是惊诧，再也无计可施，理屈词穷，只好答应放回阿诗玛。

当阿黑走出大门等候时，热布巴拉又立即关闭了大门，不放出阿诗玛。

阿黑忍无可忍，立刻张弓搭箭，接连射出3箭。第一箭射在大门上，大门立即被射开；第二箭射在堂屋柱子上，房屋震得嗡嗡响；第三箭射在供桌上，震得供桌摇摇晃晃。

热布巴拉吓慌了，连忙命令家丁拔下供桌上的箭。可是，那箭好像生了根，没人能够拔得下。他只好叫人打开黑牢门，放出阿诗玛，还向她求情说："只要你把箭拔下来，我马上就放你回家。"

阿诗玛鄙夷地看了热布巴拉一眼，走上前去，像摘花一样，轻轻拔下箭。然后同阿黑一起，飞快地离开了热布巴拉家。

心肠歹毒的热布巴拉父子不肯罢休，又想出丧尽天良的毒计。他们知道，阿黑和阿诗玛回家，要经过十二崖子脚，便勾结崖神，要把崖子脚下的小河变大河，淹死阿黑和阿诗玛。

热布巴拉父子带着家丁，赶在阿黑和阿诗玛过河之前，趁山洪暴发之时，把小河上游的岩石扒开放水。正当阿黑和阿诗玛过

■ 彝族祭祀

河时，洪水滚滚而来，阿诗玛被卷进漩涡，阿黑只听到阿诗玛喊了声"阿黑哥来救我"，就再也没听见她的声音，没看见她的踪影了。

阿诗玛不见了，阿黑挣扎着上了岸，到处寻找阿诗玛。他找啊找，一直找到大河又变成了小河，都没有找到阿诗玛。他大声地呼喊："阿诗玛！阿诗玛！"可是，只听到那十二崖子顶回答同样的声音："阿诗玛！阿诗玛！"

据说阿诗玛变成了十二崖子上的石峰。从此，你怎样喊她，她就怎样回答。

阿黑失去了阿诗玛，但他时时刻刻想念着她。每天吃饭时，他盛着包谷饭，端着饭碗走出门，对着石崖子喊："阿诗玛！阿诗玛！"那站在石崖子上的阿诗玛便应声："阿诗玛！阿诗玛！"

爹妈出去做活儿的时候，对着石崖子喊："爹妈的好？呀！好？阿诗玛！"那站在石崖子上的阿诗玛，同样地应声："爹妈的好？呀！好？阿诗玛！"

阿诗玛原来的阿着底的小伙伴们在石崖子下，对着石崖子上的阿

■ 彝族舞蹈

三弦 又称"弦子",我国传统弹拨乐器。早在公元前214年,秦始皇灭六国完成统一后,就征发百姓去边疆修筑万里长城,为了调剂繁重的劳役,我国北方各族人民,曾把一种有柄的小摇鼓加以改造,在上面拴上丝弦,制成圆形、皮面、长柄可以弹拨的乐器,当时称为"弦鼗"。这就是三弦的前身,最早在北方边疆的军队中使用。

诗玛弹三弦,吹笛子,唱山歌,那石崖子上的阿诗玛也会应和着弦音、笛声,唱起山歌。

阿诗玛的声音永远回荡在石林,她的身影已经化成石头,永远和她的乡亲们相伴。

后来,阿黑和阿诗玛成为彝族撒尼人崇拜的偶像。彝族人民把她和阿黑的故事编成长篇叙事诗《阿诗玛》,作为撒尼人民日常生活、婚丧礼节以及其他风俗习惯的一部分,在人民中间广为传唱。

《阿诗玛》是以歌唱形式保存下来的文学艺术珍品,演唱的音乐曲调主要有喜调、出嫁调、绣花调、悲调、哭调、骂调等。喜调以欢快、热烈的旋律表现欢乐的场面。绣花调则用缓慢、抒情的旋律来表现自由的美好,音调悠长的曲调表现阿诗玛不同场景的内心真实情感。

《阿诗玛》中跳的大三弦舞是十分欢快的。彝族撒尼人的女子都会唱《阿诗玛》中的绣花调，女青年出嫁时大多会唱出嫁调。《阿诗玛》在传承彝族撒尼人文化艺术方面起了重要作用。

《阿诗玛》叙事长诗深刻地表现了撒尼族人追求婚姻自由、追求光明、追求幸福生活、向往美好未来、勇于斗争的民族精神。阿诗玛可以说是撒尼族人聪明、勤劳、善良、勇敢、能歌善舞的化身。

彝族撒尼人不仅在结婚典礼中要吟诵《阿诗玛》，在日常生活中也要演唱和讲述阿诗玛的故事，把阿黑和阿诗玛当成自己学习的榜样；甚至在驱邪除秽习俗中，都把阿黑和阿诗玛当成具有神性色彩的崇拜对象。

阿诗玛不屈不挠地同强权势力做斗争的故事，揭示了光明终将代替黑暗、善美终将代替丑恶、自由终将代替压迫与禁锢的人类理想，表现了彝族人民追求幸福生活的坚强意志，歌颂了彝族人民的勤劳智慧和反抗邪恶势力的斗争精神。

同时，阿诗玛传说真实地反映了当时撒尼人的社会生活，为研究彝族撒尼人的政治、经济、艺术、宗教、风俗等提供了宝贵的资料。

阅读链接

《阿诗玛》使用口传诗体语言，讲述或演唱阿诗玛的故事。阿诗玛不屈不挠地同强权势力做斗争的故事，揭示了光明终将代替黑暗、善美终将代替丑恶、自由终将代替压迫与禁锢的人类理想，反映了彝族撒尼人"断得弯不得"的民族性格和民族精神。

《阿诗玛》被撒尼人称为"我们民族的歌"，阿诗玛的传说已经成为撒尼人日常生活、婚丧礼节以及其他风俗习惯的一部分，在人们中间广为传唱。其艺术魅力随时间的冲刷而弥久愈新，不减光芒，成为我国各民族文学百花园中一块璀璨的瑰宝，蜚声世界文坛。

百年泼水节的神奇来历

　　在我国西南地区，尤其是在傣族和德昂族聚居的地区，到了每年的4月13日，都会举行一场盛大而隆重的庆祝活动，这就是泼水节。泼水节也称宋干节，已经有千百年的历史，是傣族、德昂族最为盛大的

■傣族传统泼水节

■ 傣族泼水节艺术字

传统节日。

　　每到泼水节这天，人们清早起来便沐浴礼佛，之后便开始连续几日的庆祝活动。在此期间，大家用纯净的清水相互泼洒，祈求洗去过去一年的不顺，新的一年带着美好的愿望再次出发。

　　泼水节是傣族的新年，一般持续3至7天。第一天为"麦日"，类似于农历除夕，傣语叫"宛多尚罕"，意思是送旧。此时人们要收拾房屋，打扫卫生，准备年饭和节间的各种活动。

　　第二天称"恼日"，"恼"意为"空"，按习惯这一日既不属前一年，也不属后一年，故为"空日"。

　　第三天叫"麦帕雅晚玛"，据说这是麦帕雅晚玛的英灵带着新历返回人间之日，人们习惯将这一天视为"日子之王来临"，是傣历的元旦。

傣历　指傣族的传统历法。傣语称祖腊萨哈，意即小历。傣历创于公元前96年，起源可上溯至周秦之际。现行傣历始于明代以前，是傣族先民吸收汉族农历优点并结合本民族特点制定的一种阴阳合历。现行傣历以639年为纪元元年。一年的回归长度为365天6小时12分36秒。

章哈 直译成汉语是"会唱",或者是"会唱歌的人"。章哈还是傣族歌手演唱这样一种艺术表演形式,是我国少数民族曲艺之一的艺术品种。在西双版纳地区称傣族歌手为"章哈"。傣族歌手还有一种称谓叫"娜婉",指唱歌唱得好的人。

■ 担水的傣族妇女塑像

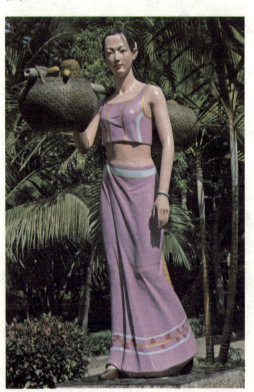

这一天,傣族男女老少就穿上节日盛装,挑着清水,先到佛寺浴佛,然后就开始互相泼水。一朵朵水花在空中盛开,它象征着吉祥、幸福、健康,青年手里明亮晶莹的水珠,还象征着甜蜜的爱情。

在傣历的元旦之日,到处是水的洗礼、水的祝福、水的欢歌。朵朵水花串串笑,泼水节成了欢乐的海洋。

泼水节的内容,除泼水外,还有赶摆、赛龙舟、浴佛、诵经、章哈演唱、斗鸡、跳孔雀舞、白象舞、丢包、放高升、放孔明灯等民俗活动,以及其他艺术表演、经贸交流等。这样一来,泼水节的时间常常延长好几天。

其实,泼水节源于印度,是古婆罗门教的一种仪式,后为佛教所吸收,约在12世纪末至13世纪初期,经缅甸随佛教一起传入我国的云南傣族地区。

随着佛教在傣族地区影响的加深,泼水节成为一种民族习俗流传下来。在泼水节流传的过程中,傣族人民逐渐将之与自己的民族神话传说结合起来,赋予了泼水节更为神奇的意蕴和民族色彩。

相传在很早以前,有一个凶恶的魔王,他身有魔法,落

■ 傣族水井

在水里漂不走，掉在火里烧不烂，刀砍不破，枪刺不入，弓箭射不着。他自恃法力过人，傲慢自大，整天横行霸道，为非作歹。

那时，天有十六层，这个魔王就成了其中一层的霸主。他已经有了6个美丽的妻子，后来又抢了一位美丽聪明的女人做妻子。

有一年，正是人间过年的那一天，魔王在宫中饮酒作乐。酒过三巡，已经醉醺醺的了。最小的妻子婻粽布趁机对魔王称颂道："我尊贵的大王，您法力无边，德行高尚，凭着您的威望，您完全可以征服天堂、地狱、人间，做三界的主人。"

魔王听了扬扬得意，沉思了一会儿，对爱妻说："我的魔力确实能征服三界，但我也有旁人不知道的弱点。"

婻粽布又问："大王有如此魔力，怎会有弱点？"

赶摆 远比集市贸易要宽泛得多，它不仅仅是集祭祀、集会、百艺、商贸于一体的庙会。因为庙会只是众多节日中的一种，而傣族的节日，尽管名目繁多，却大都叫作"摆"，如泼水摆、摆干朵、摆帕拉、摆拉罗、摆汗尚、摆奘、摆斋等，而参加这些活动，则都叫作赶摆。

■ 傣族泼水盆

民间相传

民间传说与文化内涵

三界 本来为宗教术语。道家所说的"三界"是指天、地、人三界，指的是整个世界或是宇宙范围。在佛教术语中指众生所居之欲界、色界、无色界，或是指断界、离界、灭界三种无为解脱之道。在萨满教术语中，则指宇宙的上、中、下三界。

魔王向四周张望，确定安全后，小声回答："我就怕别人拔我的头发勒我的脖子，这会使我身首分家。"

婻粽布假装惊讶地追问："能够征服三界的大王，怎么会怕头发丝？"

魔王又小声地说："头发丝虽然小，但我的头发丝却会勒断我的脖子，那样的话我就活不成了。"

婻粽布继续为魔王斟酒，直到酒席散尽，她又扶魔王上床睡熟。这时，她小心地拔下魔王的一根头发，未等魔王惊醒，就勒到了魔王的脖子上。魔王的头立刻就掉到地上，头上滴下的血，每一滴都变成了一团火，熊熊燃烧，而且迅速往人间蔓延。

婻粽布赶忙把魔王的头抱起来，大地上的火焰才熄灭，可头一放下，火又燃烧起来。这时，其他6个被抢来的女人也都赶来了，她们轮流抱着魔王的头，这样火才不再烧起来。

后来，婻粽布回到人间，但她仍旧浑身血迹，人们为了洗掉她身上的血迹，纷纷向她泼水。血迹终于洗净了，婻粽布幸福地生活在了人间。

婻粽布去世后，人们为了纪念她，就在每年过年的时候相互泼水，用洁净的水洗去身上的污垢，迎来吉祥的新年。

　　泼水节一般在风光旖旎的澜沧江畔举行，当晨曦映红天际的时候，各族群众便穿着盛装，从四面八方会聚这里。一声号令，一支支"高升"腾空而起，直穿云霄，一艘艘龙舟箭一般，直冲对岸。此时，千万支金竹一起吹奏、铓锣、象脚鼓一齐敲响，澜沧江两岸顿时变成欢乐的海洋。

　　泼水刚开始时，彬彬有礼的傣家姑娘一边说着祝福的话语，一边用竹叶、树枝蘸着盆里的水向对方洒过去。"水花放，傣家狂"，到了高潮，人们用铜钵、脸盆，甚至水桶盛水，在大街小巷，嬉戏追逐，只觉得迎面的水、背后的水尽情地泼来，一个个全身湿透，但人们兴高采烈，到处充满欢声笑语。

　　经过水的洗礼，人们便围成圆圈，在铓锣和象脚鼓的伴奏下，不分民族，不分年龄，不分职业，翩翩起舞。激动时，人们还爆发出"水、水、水"的欢呼声。

　　有的男子边跳边饮酒，如醉如痴，通宵达旦，其中"丢包"最富浪漫色彩，往往是傣族未婚青年的专场游戏。"包"是象征爱情的信物，由傣族姑娘用花布精心制作，内装棉籽，包的四角缀有五彩花穗。

　　丢包时，在绿草如茵的草坪

■ 傣族象脚鼓

象脚鼓　傣族的重要民间乐器，因鼓身似象脚而得名，广泛用于歌舞和傣戏伴奏。象脚鼓还受到景颇族、佤族、傈僳族、拉祜族、布朗族、阿昌族和德昂族以及克木族等族人民的喜爱，是各族歌舞中不可或缺的乐器。

137

傣族银净水瓶

上男女各站一排，先由傣族姑娘将包掷给小伙子，再由小伙子掷给姑娘，借此传递感情。

花包飞来飞去，最后感情交流到一定程度，双方悄悄退出丢包场，找一个幽静的地方依肩私语去了。

泼水节全面展现了傣族水文化、舞蹈文化、饮食文化、服饰文化和民间崇尚等传统文化的综合舞台，是研究傣族历史的重要窗口，具有较高的学术价值。

泼水节展示的章哈、白象舞等艺术表演能给人艺术享受，有助于了解傣族感悟自然、爱水敬佛、温婉沉静的民族特性。

同时，泼水节还是加强西双版纳全州各族人民大团结的重要纽带，对西双版纳与东南亚各国友好合作交流，对促进全世界社会经济文化的发展起到了重要作用。

阅读链接

关于泼水节的来历，在民间还有一种传说。相传很久之前，有一个忤逆的儿子，他在清明节后第七天在山上干活，偶然看到雏鸟反哺的情景，顿时有所感悟，决心好好侍奉母亲。

恰在这时，他母亲正向山上走来，为儿子送饭，不小心滑了一跤。儿子赶来扶她，她却以为儿子要来打她，一头撞死在树上。

已经醒悟的儿子追悔莫及，就把树砍下来，然后雕成一尊母亲雕像，在每年清明后的第七天，都要把雕像浸到洒着花瓣的温水中清洗干净。后来，这个仪式就演变成了泼水节。

仙鬼传说是民间文学样式之一，是民众艺术加工的产品，属于人物传说中特殊的组成部分。这类传说与宗教有千丝万缕的联系，其产生历史久远，流传地域广泛。传说中的仙鬼大多是虚构的，也有少量真实人物被赋予超乎凡人的神通。

在我国传统文化中，人的一切道德伦常在仙鬼世界同样存在。仙鬼是另一种存在方式，仙鬼更多的时候是人的一个折射。仙鬼被想象成同样有感情的另外一种"人"，通过仙鬼传说，曲折地反映了现实中人的爱恨情仇。

神奇幻想

神魔传说

化为杜鹃哀啼的望帝

相传望帝是古代蜀国的开国君主，名叫杜宇。他发展生产，带领蜀地人民走出了茹毛饮血的蛮荒时代，让蜀地绽开文明之花，因此得到人民的爱戴。他爱百姓也爱生产，经常带领人民开垦荒地，种植五谷。

古蜀国陶像

杜宇把蜀国建成了丰衣足食的天府之国后，将自己的君位禅让给了臣下，自己隐居西山。

后来，望帝杜宇逝去，但他的魂魄不忍离开蜀地人民，于是化身为鸟，昼夜鸣叫，声音凄切。

川中人民没有忘记他们的君主，把这种鸟叫作"杜鹃"，以表达对望帝杜宇的怀念。后来，人们不满足于用这种方式来怀念心中的君主，就相传演变成了各种各样的民间传说。

相传远古时代的蜀国，第一个称王的是蚕丛，他曾经教导当地百姓如何养蚕。在蚕丛的带动下，四川的养蚕业逐渐发达起来。蚕丛去世以后，由柏灌当王，然后由鱼凫当王。在鱼凫领导下，蜀国百姓的生活不断得到改善，后来，鱼凫在打猎时得道成仙。

又过了许多年，有一天忽然有一个叫杜宇的青年男子，从天上降了下来，成了蜀国的国王，号望帝。

■ 杜鹃雕刻

望帝当国王的时候，也很关心老百姓的生活，教导老百姓如何种植庄稼，叮嘱人民要遵循农时，搞好生产。

那时蜀国经常闹水灾，望帝想尽各种方法来治理水灾，但始终不能从根本上根除水患。有一年，忽然从河里逆流漂来一具男尸，人们见了感到十分惊奇，因为河流上的东西总是顺流而下，怎么这个尸体却是逆流而上？好事者便把这个尸体打捞上来。

更令人吃惊的是，尸体刚一打捞上来，便复活了，开口讲话，称自己是楚国人，名叫鳖灵，因失足落水，从家乡一直漂到这里。这件事让望帝知道后，便叫人把他叫来。

两人一见面，便一见如故，谈得十分投机，大有相见恨晚的感觉。望帝觉得鳖灵是个难得的人才，便

五谷　古代所指的五种谷物。"五谷"在古代有多种不同的说法，最主要的有两种：一种指稻、黍、稷、麦、菽；另一种指麻、黍、稷、麦、菽。两者的区别是，前者有稻无麻，后者有麻无稻。古代经济文化中心在黄河流域，稻的主要产地在南方，而北方种稻有限，所以五谷中最初无稻。

任命他为蜀国的宰相。

不久之后，暴发了一场大洪水。老百姓深受其害，民不聊生，国家陷入一片混乱。鳖灵受望帝的委任，担任治理洪水的任务。

在治水中，鳖灵显示出过人的才干。他带领民众治理洪水，打通了巫山，使水流从蜀国流到长江。这样，使水患得到解除，蜀国人民又可以安居乐业了。

鳖灵在治水上立下了汗马功劳，杜宇十分感谢，便自愿把王位禅让给鳖灵，鳖灵受了禅让，号称开明帝，又叫丛帝。

望帝禅位后，退居西山。谁知太平日子没过多久，四乡竟然传来了流言，说望帝杜宇把君主之位禅让给开明，是因为在开明率众治水期间，杜宇同开明的妻子发生了私通，所以才羞愧让位的。

流言传来，望帝杜宇又气又急。想不到一番好意

■ 古代人治水雕刻

■ 金牛雕塑

竟然落得这样下场。杜宇原本就上了年纪，又在长期的为政中殚精竭虑，损害了健康，受此打击，很快一病不起，含恨逝去。

望帝去世后，灵魂化成杜鹃。他生前爱护人民，死了仍然惦念百姓的生活，每到清明、谷雨、立夏、小满，就飞到田间一声声地鸣叫。

人们听见这种声音，都说："这是我们的望帝杜宇啊！"于是相互提醒，是时候了，快播种吧；或者说，是时候了，快插秧吧。人们因此又把杜鹃叫作知更鸟、催工鸟。

杜宇传帝位给鳖灵，鳖灵把帝位传给自己的子孙。后来，他们又把首都迁移到成都。当时强大的秦国，常想吞灭蜀国。但是蜀国地势险要，军队不容易通行，硬攻显然不是办法。

秦国国君秦惠王便想出一条妙计：叫人做了五头

立夏 二十四节气之一，每年5月5日或5月6日是农历的立夏，"斗指东南，维为立夏，万物至此皆长大，故名立夏也。"在天文学上，立夏表示即将告别春天，是夏天的开始。人们习惯上都把立夏当作温度明显升高，炎暑将临，雷雨增多，农作物进入旺季生长的一个重要节气。

蜀道图

石牛，每天在石牛屁股后面摆上一堆金子，谎称石牛是金牛，每天能拉一堆金子。

蜀王听到这个消息，想要得到这些所谓的金牛，便托人向秦王索求，秦王马上答应了。

石牛很重，怎么搬取？当时蜀国有5个大力士，力大无比，叫五丁力士。蜀王就叫他们去凿山开路，把金牛拉回来。五丁力士好不容易开出一条金牛路，拉回这些所谓的金牛，回到成都，发现它们不过是石牛，才得知上当受骗了。

秦惠王听说金牛道已打通，十分高兴，但十分害怕五丁力士，因为其力无穷，不敢马上进攻。

于是，秦惠王又生出一计，托人向蜀王讲：金牛是没有，但是我们有5个天仙似的小姑娘，比金子还珍贵，如果蜀国国王想要的话，愿意无私奉献。秦王的本意，想用美女计来迷惑蜀国国王。

秦惠王的美女计比三十六计还灵。蜀王本是好色之徒，听了以后，欣喜若狂。再次叫五大力士到秦国去把5位美女及早接回来。

五丁力士带着五位美女在回家的路上，经过梓潼这个地方，忽然看到一条大蛇正向一座山洞钻去。于是，五丁力士想联手除掉大蛇，为民除害。

忽然一阵妖风作怪，刹那间地动山摇，大山崩塌下来，五个壮士和5个美女瞬间都被压死，化为血泥，一座大山化为5座峰岭。

蜀国国王听了这个消息，悲痛欲绝。他亲自登临这5座山进行悼念，并且命名这5座山为五妇，至于死了5位壮士，却一点儿也不心疼。

人们对这个昏君的行为十分看不惯，他们十分热爱这五大力士，便称这5座山为五丁。

秦惠王听说五丁壮士已死，蜀道已通，知道进攻蜀国的时机已成熟，不由得心花怒放，就派大军从金牛道进攻蜀国，很快便消灭了蜀国，并把蜀王杀死。

这时，望帝魂灵变化成的杜鹃鸟，眼见故国灭亡，内心十分痛苦。从此，每当桃花盛开之际，便一声声地叫喊着：不如归去，不如归去。

蜀国人民一听到这个声音，就知道他们的国君又在思念自己的国家了。

这个民间相传的故事，富有诗意，唐代诗人李商隐的《锦瑟》就是其中的经典之作：

145

神奇幻想

神魔传说

■ 金牛道遗址

锦瑟无端五十弦，一弦一柱思华年。

庄生晓梦迷蝴蝶，望帝春心托杜鹃。

沧海月明珠有泪，蓝田日暖玉生烟。

此情可待成追忆，只是当时已惘然。

这里的"春心"与杜鹃的悲鸣联结在一起，实际上包含了伤春、春恨的意蕴。"望帝春心托杜鹃"，这里所展示的正是一幅笼罩着哀怨凄迷气氛的图画，象征着化为望帝冤魂的杜鹃，在泣血般的悲鸣中寄托着不泯的冤恨，不但写出杜宇之托春心于杜鹃，也写出了诗人之托春恨于悲鸣，暗示了寄托"春心"者的性质，真乃妙笔寄情。

成都附近的郫县，有一座很古的庙宇叫作望丛祠，旁边有两座很大的望帝、丛帝的陵墓，四周桧柏参天。每年桃花盛开季节，还能听到杜宇的声声鸣叫。而且每当农历端午节的时候，附近民众都要聚集在这里举行"赛歌会"。

后代的人都为杜鹃的这种努力不息的精神所感动，所以，世世代代的四川人，都很郑重地传下了"不打杜鹃"的规矩，以示敬意。

阅读链接

据有的地方民间传说，鳖灵在治水期间，望帝在家和鳖灵的妻子日久生情，生出了说不明道不白的情愫。鳖灵治水成功回家后，望帝感到对不起鳖灵，心中非常惭愧，才跑到深山里去隐居。后来望帝去世了，灵魂就化作杜鹃鸟。望帝尽管有一些缺点，但他爱自己的百姓，从总体上说，他是一位好国君。

还有一些地方说，望帝感觉自己对付不过鳖灵，无可奈何，只有一天到头悲愤、哀泣而已。后来，杜宇临终时，嘱咐西山的杜鹃说："杜鹃鸟，你叫吧，把我的心情，叫给我的百姓听吧。"从此，杜鹃就飞在蜀国境内，日夜哀鸣，直到它的口中流血。

嫦娥误食仙丹而奔月

早在遥远的上古时期，我们的祖先对天上的日月星辰就产生了浓厚的兴趣。他们经常会望着晚上的月亮，津津有味地探索其中的奥秘，因此也产生了对月亮的崇拜。人们还把月宫设想成一个极美极乐的境界，把月亮看作一个和谐而浪漫的仙境。

那时候的人们觉得生命是如此短暂，没有人不祈求长寿甚至长生不死，但是人们一直无法改变生老病死的

嫦娥画像

■ 嫦娥塑像

帝喾 《山海经》等古籍载其名俊，号高辛氏，华夏上古时期一位著名的部落联盟首领。春秋战国后，被列为"三皇五帝"中的第三位帝王，即黄帝的曾孙，前承炎黄，后启尧舜，奠定华夏根基，是华夏民族的共同人文始祖，被殷商族人认为是第一位先祖。

自然规律。于是，人们就创造了绚丽多彩的神仙世界，希望自身能够超越凡尘成仙。人们便把这些希望和美好的理想编成一个美丽的故事，在民间广为流传。

传说，在远古的时候，天上有10个太阳同时出现，晒得庄稼都枯死了，民不聊生。一个名叫大羿的英雄，力大无穷，他同情受苦的百姓，登上昆仑山顶，运足神力，拉开神弓，一口气射下了9个太阳，命令最后一个太阳按时起落，为民造福。

大羿因此受到百姓的尊敬和爱戴，于是，部落首领帝喾把自己的女儿嫦娥嫁给了大羿。

当时，有不少志士慕名前来向大羿学艺，心术不正的青年逢蒙也混了进来。逢蒙的嘴巴甜得像蜜，很讨大羿的喜欢。可逢蒙心眼儿很坏，学到了本领，就想背弃大羿，自己当"天下第一射手"。嫦娥要大羿提防逢蒙，可大羿却不以为然。

有一年，大羿得了一场大病，病愈后精力大不如从前，颇有衰弱的趋向。大羿心想自古以来人难免一死，心里慌乱起来，就想找一个长生不死之法。

于是，大羿便出外云游，求仙访道，奔走了数年，后来经得道高人指点，知道昆仑山旁的玉山上有个西王母，是与天同寿的活神仙，她藏有可以不死的仙丹。于是他决心去找西王母娘娘要仙丹。

大羿凭着盖世神力、超人的意志，越过炎山、弱水，攀上一万三千一百一十三步二尺六寸高的悬崖峭壁，在昆仑山巅的宫殿里拜见了西王母。

西王母娘娘知道大羿是位大英雄，便取出最后一颗长生仙丹慷慨相赠，并嘱咐他说："这不死药是用不死树结的不死果炼制的。不死树3000年开一次花，3000年结一次果，炼制成药又需3000年。我收藏的药丸仅剩一颗了。这颗长生药全吃了可成为神仙，吃一半就能长生不老。"

大羿如愿以偿，他拜谢了西王母，下了昆仑山。回到家后，他把药交给嫦娥，准备过几天和嫦娥一起吃。嫦娥将药藏进梳妆台的百宝匣里，不料被逢蒙看到了。

3天后，大羿率众徒外出狩猎，心怀鬼胎的逢蒙假装生病，留了下来。待大羿率众人走后不久，逢蒙手持宝剑闯入内宅后院，威逼嫦娥交出长生药。

嫦娥知道自己不是逢蒙的对手，危急之时，转身打

149

神奇幻想

神魔传说

■ 嫦娥奔月图

民间相传

民间传说与文化内涵

中秋节 又称月夕、秋节、仲秋节、八月节、八月会、追月节、玩月节、拜月节、女儿节或团圆节，是流行于中国众多民族与东亚诸国中的传统文化节日，时在农历八月十五；因其恰值三秋之半，故名，也有些地方将中秋节定在八月十六。

开百宝匣，拿出长生药一口吞了下去。之后，她身子立时飘离地面，冲出窗口，向天上飞去。

傍晚，大羿回到家，侍女们哭诉了白天发生的事。悲痛欲绝的大羿，仰望着夜空呼唤嫦娥的名字。这时他惊奇地发现，今天的月亮格外皎洁明亮，而且有个晃动的身影酷似嫦娥。

大羿急忙派人到嫦娥喜爱的后花园里，摆上香案，放上她平时最爱吃的鲜果点心，遥祭在月宫里自己眷恋着的嫦娥，表达自己的相思之情。

百姓们听到嫦娥奔月成仙的消息后，纷纷在月下摆设香案，向善良的嫦娥祈求吉祥平安。从此，中秋节拜月的风俗在民间传开了。

关于"嫦娥奔月"的神话故事，最早见于战国时期的《归藏》，在西汉时的《淮南子》和东汉时的《灵献》两本书中也有记载。

■ 嫦娥奔月石刻

嫦娥奔月的故事，令后世的不少文人骚客感慨、遐想。其中唐代诗人李商隐的《嫦娥》诗深刻表现了她的寂寞和悔恨：

嫦娥奔月玉雕

云母屏风烛影深，
长河渐落晓星沉。
嫦娥应悔偷灵药，
碧海青天夜夜心。

这首诗的大意是说，云母制成的屏风染上一层幽深黯淡的烛影，银河逐渐低斜下落，启明星也已下沉。广寒宫的嫦娥相当悔恨当初偷吃不死药，如今落得独处于碧海青天而夜夜寒心。

嫦娥奔月的传奇故事，在我国民间流传了几千年，永久不衰。这反映了人们对长生不死美好理想的追求，也寄托了人们对美好团圆的幸福生活的向往。

阅读链接

我国历史上和神话传说中都有"羿"这个名字，一个是神话传说中的人物，是上古的大羿；另一个是历史人物，是夏代的后羿。

据史料记载，历史人物后羿又称"夷羿"，是夏王朝时东夷族有穷氏首领、有穷国国君，他也是一个射术高超的英雄。后羿统一了东夷各部落方国，组成了一个强大的国家。夏王仲康死后，他的儿子相继位。不久，后羿驱逐了相，自己当了夏的国王，是为夏王朝第六任帝王，后被自己的家臣寒浞所杀。

多种多样的民间阎王

民间传说与文化内涵

阎王塑像

在佛教传入我国之后的汉桓帝、汉灵帝时期，关于佛教的记载才逐渐翔实，史料也逐渐丰富。那时西域的佛教学者相继来到我国，如从安息国而来的安世高、安玄，从月氏国而来的支娄迦谶、支曜，从天竺而来的竺佛朔，从康居国而来的康孟详，使中原的佛事活动逐渐兴盛起来。

在佛教中，阎王也称阎罗王，或称阎罗大王、阎魔王。阎魔即琰摩、琰摩罗，意为"缚"，缚有罪之人也，原来是古印度神话中管理阴间的天王。

佛教兴起后，我国吸收了阎罗，将它作为佛教的鬼王。唐代和尚慧琳《一切经音义》卷五说，阎罗王又称平等王，主司生死罪福之业，管理八热八寒地狱及其他附属的小地狱，率领地狱、饿鬼、畜、人、天五道之中的鬼卒，追捕罪人，判断罪恶等。

佛教传入我国后，佛教中的一些神被民间信仰加以改造后吸收和采纳。后来，随着道教的进一步兴起，阎王的信仰与我国本土宗教道教信仰相互影响，演变出具有汉化色彩的十殿阎王。

■ 第六殿阎王

这种说法源于唐代，相传玉帝册封阎罗王，由阎罗王统率地狱和五岳卫兵。地狱又分为十殿，十殿各有其主和名号，称地府十王，统称十殿阎王。

"十殿阎罗"是我国古代特有的民间信仰。所谓十殿阎罗，就是说有十个掌管地狱的大王，分别居于地狱的十殿之上，因此称为十殿阎罗。按民间说法，这十殿阎罗分别是秦广王、楚江王、宋帝王、五官王、阎罗王、卞成王、泰山王、都市王、平等王、转轮王。

第一殿是秦广王蒋，二月初一日诞辰，专司人间

阴间 人类生存的空间，称其为阳间，人类死亡后，其灵魂所在的空间，称为阴间。在我国，大量的古代神话和道教典籍中都有阴曹地府的记载，我国人把世界万物都统一为阴阳两极的互动，这就是我国的阴阳学说，是我国古代哲学的重要组成部分。

夭寿生死，统管幽冥吉凶、善人寿终、接引超升；功过两半者，送交第十殿发放，仍投入世间，男转为女，女转为男。恶多善少者，押赴殿右高台，名曰孽镜台，令之一望，照见在世之心好坏，随即批解第二殿，发狱受苦。

第二殿是楚江王历，三月初一日诞辰，司掌活大地狱，又名剥衣亭寒冰地狱，另设十六小狱，凡在阳间伤人肢体、奸盗杀生者，推入此狱，另发入十六小狱受苦，满期转解第三殿，加刑发狱。

第三殿是宋帝王余，二月初八日诞辰，司掌黑绳大地狱，另设十六小狱，凡阳世忤逆尊长，教唆兴讼者，推入此狱，受倒吊、挖眼、刮骨之刑，刑满转解第四殿。

第四殿是五官王吕，二月十八日诞辰，司掌合大地狱，又名剥剐血池地狱，另设十六小地狱，凡世人抗粮赖租，交易欺诈者，推入此狱，另再判以小狱受苦，满日送解第五殿查核。

第五殿是阎罗王包，正月初八日诞辰，前本居第一殿，因怜屈死，屡放还阳伸雪，降调此殿。司掌叫唤大地狱，并十六诛心小狱。凡解到此殿者，押赴望乡台，令之闻见世上本家，因罪遭殃各事，随即

第七殿阎王

推入此狱，细查曾犯何恶，再发入十六诛心小狱，钩出其心，掷与蛇食，铡其身首，受苦满日，另发别殿。

第六殿是卞成王毕，三月初八日诞辰，司掌大叫唤大地狱，及枉死城，另设十六小狱。忤逆不孝者，被两小鬼用锯分尸。凡世人怨天尤地，对北溺便涕泣者，发入此狱。查所犯事件，亦要受到铁锥打、火烧舌之刑罚。再发小狱受苦，满日转解第七殿，再查有无别恶。

■ 第八殿阎王

第七殿是泰山王董，三月二十七日诞辰，司掌热恼地狱，又名碓磨肉酱地狱，另设十六小狱。凡阳世取骸合药、离人至戚者，发入此狱。再发小狱。受苦满日，转解第八殿，收狱查治。另外，凡盗窃、诬告、敲诈、谋财害命者，均将遭受下油锅之刑罚。

第八殿是都市王黄，四月初一日诞辰，司掌大热大恼大地狱，又名恼闷锅地狱，另设十六小狱。凡在世不孝，使父母翁姑愁闷烦恼者，掷入此狱。再交各小狱加刑，受尽痛苦，解交第十殿，改头换面，永为畜类。

第九殿是平等王陆，四月初八日诞辰，司掌丰都城铁网阿鼻地狱，另设十六小狱。凡阳世杀人放火、斩绞正法者，解到本殿，用空心铜桩，链其手足相

民间相传

民间传说与文化内涵

知州 古代官名。宋以朝臣充任各州长官，称"权知某军州事"，简称知州。"权知"意为暂时主管，"军"指该地厢军，"州"指民政。明清以知州为正式官名，是各州行政长官，直隶州知州地位与知府平行，散州知州地位相当于知县。

抱，煽火焚烧，烫烬心肝，随发阿鼻地狱受刑。直到被害者个个投生，方准提出，解交第十殿发生六道，即天道、人道、地道、阿修罗道、地狱道和畜生道。

第十殿是转轮王薛，四月十七日诞辰，专司各殿解到鬼魂，分别善恶，核定等级，发四大部州投生。男女寿夭，富贵贫贱，逐名详细开载，每月汇知第一殿注册。凡有作孽极恶之鬼，着令更变卵胎湿化，朝生暮死，罪满之后，再复人生，投胎蛮夷之地。凡发往投生者，先令押交孟婆神，酴忘台下，灌饮迷汤，使忘前生之事。

虽然说阎罗的信仰与佛教的传入有关，但它早就中国化了。在我国民间有种说法："人之正直，死为冥官。"死后成为阎罗的主要有韩擒虎、严安之、郄惠连、寇准、范仲淹、韩琦、包拯、林衡等人。韩擒虎是隋代的猛将，严安之、郄惠连则是唐人。

隋唐时代，做冥官的标准除了正直，还有就是严明、至忠、至孝。严安之在唐玄宗时做京兆尹"以强明称，民吏畏之。"郄惠连因事父至孝，有"至行"，被玉帝册立为"司命主者"的阎罗王。

到了宋代，阎罗都由名臣任之，而且都是有风骨，

■ 第九殿阎王

有作为，刚直清廉的名臣，政治家寇准、文学家范仲淹、著名丞相韩琦、清官包拯、知县林衡等都是宋人。这5人中，林衡名位较低，在秀州知州任上去世。据南宋著名文学家洪迈在《夷坚丙志》卷一说，他"平生仕宦，以刚猛疾恶自任"，是个敢作敢为的清官。

值得指出的是，包拯之为清官，最为民间称道，而他作为阎王，在民间也流传最广。寇准、范仲淹、韩琦等死后为阎罗，民间流传并不广，但包拯之为阎罗王，则妇幼皆知。清代藏书家翟灏在《通俗编》云：

■ 第十殿阎王

今童妇辈翻言平反冤狱，辄称包龙图，且言其死作阎罗王。

不仅如此，民间传说还称，包公活着的时候，就开始管理着阴间事务，正所谓"日断人间，夜断阴间"。据说包公有一只"游仙枕"，他只要头枕这只仙枕，就可进入阴曹地府。

清官死后为阎罗的民间传说，具有特殊意义，大

洪迈（1123年—1202年），南宋饶州鄱阳人，字景卢，号容斋。南宋著名文学家。洪迈学识渊博，著书极多，文集《野处类稿》、志怪笔记小说《夷坚志》，编纂的《万首唐人绝句》、笔记《容斋随笔》等，都是流传不朽的名作。

阎罗殿

可玩味。阎王是地下世界的最高主宰，按常理，与它对应的应是阳世的帝王。然而在我国，却没有听说哪个人间帝王死后成为阎王，阎王的存在原本是民间的安排。民间百姓不能选择阳间的帝王，却可以选择阴间的主宰。这显然反映了百姓的价值观念与情感诉求。

　　民间的阎王信仰以及清官为阎王的传说，除了表现出百姓对清官的肯定与敬仰以至崇拜，显然还表现了百姓对彼时人间的官僚体制，对贪官横行，正义难以施行的现实社会的不满，同时还反映了民间百姓对公平、正义的美好社会的希冀与追求。

阅读链接

　　"二十四史"很少记有阴阳界故事，而韩擒虎做阎罗王的传说却被记进本传，可见传说在初唐颇为风行。在晚唐敦煌变文《韩擒虎话本》中，更是惟妙惟肖地描述了韩擒虎在灭陈后，五道将军持天符请他出任阴司之主，韩擒虎应允，请假三天，隋文帝杨坚还举行了告别宴会。

　　在第三天假期日满之时，有一紫衣人、一绯衣人乘乌云前来迎接韩擒虎，自称"原是天曹地府，来取大王"上任。于是，韩擒虎辞别朝廷君臣和家小，赴阴间当阎罗王去了。

柳毅为龙女传书到龙宫

我国的唐代在社会政治、经济、文化等方面空前繁荣的情况下，妇女们对传统男尊女卑地位提出了新的要求，她们追求恋爱自由，追求美满生活，希望有自己的人格和尊严，向往男女平等。但在当时，家庭虐妻事件时有发生，影响很大。

唐贞元年间，吏部有一位名叫李朝威的官员，喜欢舞文弄墨，编写神怪故事。一天，他到郊外专访退休的官员薛嘏，薛嘏给他详细讲述了他的表兄柳毅为龙女传书的传奇故事。

回家后，李朝威反复斟酌，结合当时家庭、婚姻这一社会现实，写成了《柳毅传》。

龙女塑像

长安 是西安的古称，从西周到唐代先后有十三个王朝及政权建都于长安。是我国历史上建都时间最早，历时最长，朝代最多的古都，是我国历史上影响力最大的都城。是中华文明的发扬地、中华民族的摇篮、中华文化的杰出代表。

传说，柳毅是唐高宗时的一位书生，家住在洞庭湖畔。高宗仪凤年间，他到京城长安去应考进士，但是却没有考中。他在打道回府途经泾阳的时候，忽然想起自己有个同乡在此地，就去拜见。

柳毅骑着马在泾水边走着，忽然一群小鸟从路边的草丛中惊飞起来。柳毅的马受到了惊吓，如离弦的箭一般，在林里一气跑了一二十里才停下来。

这时，柳毅已分不清东南西北，不知道自己身处何方。马也是一个劲儿地在原地打着转，不再向前行走半步。正在纳闷的时候，他猛然听到一个女子啜泣的声音，不觉循声望去。

柳毅看到不远处一个年轻的女子，坐在水边的一棵柳树下，一颤一颤地在抽泣。她面带愁容，眉头紧锁，一副满腹心思无处倾诉的样子。

柳毅本是个侠肝义胆的好心人，见到如此情景，心中自然不平，但又不敢冒昧，于是装着出来散心的样子，慢慢地靠近这位女子。到了她身边，柳毅诧异地问道："请问姑娘为何在此哭泣，心中到底有什么委屈啊？"

这位年轻的女子，看到有人来了，连忙收敛了愁容，拭干了脸上的眼

■ 柳毅与龙女雕塑

泪。又见柳毅不像是一个坏人的模样，就跟他袒露了心扉。

龙女鎏金像

她告诉柳毅："我是洞庭龙王的小女儿，是父王的掌上明珠。一年之前，父王把我许配给泾川龙王的儿子为妻。可是我这丈夫只知道游荡玩乐，从不念及夫妻之情。我稍微劝他一下，他就又骂又打，越来越厌弃我。我多次到公婆面前去说理，可是公婆却总是护着自己的儿子，对我的话不以为然。这家里的上上下下都是他们家的人，我一肚子的怨恨愁苦无处可诉，只好到这河边，遣怀哭泣，叹息自己为何这样地命苦！"说完，又抽泣流泪不停。

柳毅听了龙女的话，早已愤愤不平，只是一时半会儿还想不到什么办法。因为泾川龙王毕竟是个龙王，自己一介凡夫俗子，又怎么斗得过呢？

小龙女接着说："我多么想告诉我的父王，能把我迎接回去。可是，这泾川离洞庭湖实在是太远了。家里的公婆对我管教又严，使我脱不开身。我想找一个送信的人，把我的悲苦告诉给我的父王，但是到哪里去找这样的人呢？"

柳毅听到龙女要找送信的人，就诚恳地对龙女说："小生柳毅，就住在洞庭湖边上。我正要回家，不知道我能不能帮你做点什么，要说把信送到洞庭湖的话，这没有什么难的，可是不知怎样才能将信交给洞庭龙王呢？"

龙女听说柳毅能帮她送信，心里非常感激，就立刻给他指点："在洞庭湖南岸的湘江入口处，有一棵很大的橘子树，当地人把它叫

跪拜 跪而磕头。在我国的旧习惯中，作为臣服、崇拜或高度恭敬的表示。古人席地而坐，"坐"在地席上俯身行礼，自然而然，从平民到士大夫皆是如此，并无卑贱之意。只是到了后世由于桌椅的出现，长者坐于椅子上，拜者跪、坐于地上，"跪拜"才变成了不平等的概念。

作'社橘'，方圆十里之内的人没有不知道的。你到了树边，然后面朝南，背靠在树干上，解下腰带把自己和树绑在一起，再用后脑勺轻轻地撞几下树干，就会有人带你到我父王那里去的，到时你就可以把我的事告诉给他。"

柳毅从龙女手中接过她早已准备好的信，表示一定不会有负龙女的重托。他跨上马，也不再去拜见他同乡了，就一个劲儿地往家乡赶。

不到一个月的时间，柳毅就回到了他的家乡洞庭湖。他划着船登上南岸，果然看到有一棵橘子树。于是，他按照龙女告诉他的方法，在树干上撞了几下。

不一会儿，就有一个蟹将走出来，对柳毅行过礼后，将柳毅迎了进去。蟹将把柳毅带到了水晶宫里的灵光殿去进见洞庭龙王。

■ 龙女石刻

柳毅见了龙王，赶忙跪拜，拜过之后，他就把在泾水见到小龙女的事全都告诉了龙王，并把龙女托付的信交给了龙王。

龙王十分感谢柳毅，就送了很多龙宫的宝物给柳毅，然后把他送出了龙宫。柳毅离开龙宫之后，他卖掉了龙王赠送给他的部分宝物，得了一大笔钱，成了远近闻名的富足人家。

柳毅祠

　　后来，柳毅娶了一个张姓的女子，可是娶过来不久，就无缘无故地死了。第二次又娶了一个韩姓的姑娘，过门几个月也过世了，而且也弄不清什么原因。

　　接连死了两个妻子之后，柳毅在接下来的3年内都没有再娶妻子。后来，他到金陵去游玩。他在金陵待了很久，结识了不少的朋友。他的朋友听说他还没有妻室，就托媒人给他说了一位卢姓的姑娘。这姑娘聪明漂亮，知书达理，仁爱善良。柳毅很快就喜欢上了这个姑娘，于是择定吉日成婚了。

　　等到入了洞房，柳毅掀开妻子的盖头仔细看时，越看越觉得这姑娘像他以前在泾水边上见过的龙女。于是柳毅就问妻子，这是不是真的。妻子说，她就是洞庭龙王的女儿。

　　原来，自从柳毅把信送给父王之后，洞庭龙王联合自己的弟弟钱塘龙王，打败了泾川龙王，随后把女儿接了回来。这小龙女为了感激柳毅的恩德，就化作人间的女子来到人世与柳毅成了亲。

　　这龙女本有万年的寿辰，柳毅和她成为夫妇之后，他也沾了仙

龙女故事雕刻

气，从此也就长生不老了。

柳毅的故事是唐代以来传奇里最有成就的篇章之一，在我国文学史上占有一席之地。在唐代已经普遍流传，唐末有根据这个故事写成的《应灵传》，至宋元明清时期，戏文中有柳毅和洞庭龙女的故事。

元代曲作家尚仲贤的《柳毅传书》，戏曲作家李好古的杂剧《张生煮海》，明代黄说中的《龙箫记》传奇，文学家许自昌的《橘浦记》传奇，清代文学家李渔的《蜃中楼》传奇，近人的《龙女牧羊》等，都是由它演变而来的，《柳毅传书》成为家喻户晓的故事。

"柳毅传书"的故事，揭示了古代社会由父母包办的、缺少感情基础的婚姻，是造成广大妇女家庭婚姻悲剧的根本原因。从龙女的身上，反映出当时的妇女为争取美好生活的热望和精神。

柳毅的形象，则体现了中华传统道德中正直无私、见义勇为、施不望报的侠义思想品格。

阅读链接

相传，唐高宗听了柳毅长生不老的事情之后，一心也想求长生不老之术，于是经常召见柳毅，使柳毅不能安居。柳毅为了躲开唐高宗的烦扰，就带着龙女来到了东海上的一个凡人不能到达的岛屿上，从此再也没有在人间出现过。

开元末年，柳毅的表弟柳蕡到京城参加殿试得中了状元。柳毅还给了柳蕡50粒仙丸。这些仙丸，吃一颗就能增添一年的寿命，柳蕡吃了这些仙丸之后，使本来只有70岁的寿命延长到了120岁。